La pata de cabra

César Ribié y
Alphonse Martainville

Copyright del texto © 2023 Culturea ediciones
Sitio web : http://culturea.fr
Impresión: BOD - Books on Demand
(Norderstedt, Alemania)
Correo electrónico : infos@culturea.fr
ISBN :9791041810710
Depósito legal : abril 2023
Queda prohibido reproducir parte alguna de
esta publicación,
en cualquier forma material, sin el premiso
por escrito
de los dos titulares del copyright.

PERSONAJES

DON JUAN, amante de

DOÑA LEONOR, pupila de

DON LOPE.

DON SIMPLICIO.

LAZARILLO, paje de DON SIMPLICIO.

DON GONZALO.

CUPIDO.

VULCANO.

LAS TRES GRACIAS.

UN ESCRIBANO.

UN ALGUACIL.

UN ALDEANO.

OTRO.

UN LABRADOR.

UNA ALDEANA.

UN CRIADO.

UN CÍCLOPE.

UN MÚSICO.

Cíclopes, Paisanos, Criados, Músicos y Alguaciles.

La escena pasa en las inmediaciones de Zaragoza a principios del siglo XV.

Acto I

El teatro representa un bosque muy espeso. Hay una cueva en el fondo, y a la izquierda del actor un banco de peñasco al pie de un árbol. Es de noche. Alumbra la luz de la luna.

Escena I

DON JUAN solo, sentado al pie de un árbol.

Del hado los rigores

sufrí desde la cuna,

que ingrata la fortuna

huyendo va de mí;

y en vano tantas penas

soporto resignado,

mi pecho destrozado

se cansa de sufrir.

Juzgué encontrar consuelo

en brazos del amor,

y el niño despiadado

me trata con rigor.

Perdida para siempre

mi hermosa Leonor,

buscar quiero en la muerte

remedio a mi dolor.

(Acerca las pistolas a su frente como para matarse, y de repente se le escapan las pistolas de las manos y vuelan por el aire, donde disparan. Al mismo tiempo sale el dios CUPIDO del tronco del árbol a cuyo pie está sentado DON JUAN.)

Escena II

DON JUAN y CUPIDO.

CUPIDO.- ¡Insensato! ¿Qué haces?

JUAN.- ¡Gran Dios! ¡Qué prodigio! ¡Eh! ¿No lo dije yo que todo me ha de salir mal, cuando no puedo lograr ni aun matarme?

CUPIDO.- ¿Matarte? Tonto, ¿y por qué?

JUAN.- Me gusta la pregunta. Después de haber causado tú solo mis males, niño maligno, ¿aún preguntas qué motivos tengo para aborrecer la vida?

CUPIDO.- Calla, calla, que eres tú más niño que yo. Pues, hombre, si todos los que tienen quejas de mí recurrieran al suicidio, ¿dónde iba a parar el mundo? ¡Ay, cuántas viudas!

JUAN.- ¿Qué quieres? Viéndome o creyéndome abandonado de ti, la muerte me pareció mi único amparo. Acudí a ella con franqueza... porque, ya ves, yo he sido médico. (Se ríe CUPIDO.) Vamos, no deja de ser mérito.

CUPIDO.- Pero, ¿y de dónde, ingrato, pudiste inferir que yo te abandonaba? Así sois todos: al menor contratiempo me acusáis, cuando vuestra pusilanimidad o vuestra natural inconstancia siempre son las únicas causas de los males que me atribuís. Cansados de la perseverancia que exijo de todos los que aspiran a mis favores, el uno va cada día a imitar hipócritamente a los pies de nueva dama un lenguaje que no inspiro yo más de una vez, y luego dicen: «Ya se ve, como ese picarillo tiene alas...». Otro, tomándolo más a lo vivo, se desespera, se mata. «El amor es un monstruo», exclaman todos. Pobre de mí, y cuán injustos son los mortales con un pobre niño que...

JUAN.- ¡Ay, taimado!

CUDIPO.-   ¿Te ríes? Pues no tardarás en convencerte de esa injusticia de que me quejo. Yo quiero que seas un memorable ejemplo de que el amor suministra a los que los quieren medios para triunfar de todos los obstáculos, y a eso he venido. Muy pronto tendrás que agradecerme el que haya llegado a tiempo para estorbar tus designios de destrucción y de ahorrarte esta locura más, que ibas a añadir a las mil que tienes hechas.

JUAN.-   Yo te juro que ésta hubiera sido la última.

CUPIDO.-   Ya lo creo. Pero al grano. ¿Tienes valor?

JUAN.-   (Como ofendido con la pregunta.) ¿Lo dudas?

CUPIDO.-   Poco a poco. Lo vas a necesitar. Contempla sin terror y en el mayor silencio la escena extraordinaria que te permito presenciar.

(CUPIDO, con una de sus flechas, señala un gran círculo en el suelo, y luego en el aire. La luna y las aguas de un torrente que se ve en el fondo se cubren de un color de sangre. Se oyen truenos horrorosos, precedidos de relámpagos. Se abre la cueva y arroja llamas. Salen de ella varios genios. Unos traen una enorme urna antigua; otros, una cabra negra. Ponen la cabra dentro de la urna; la consume un rayo y no queda de ella más que una pata, que uno de los genios entrega respetuosamente a CUPIDO. Luego se retiran los genios, llevándose la urna. Cesan los relámpagos y truenos; vuelven la luna y las aguas a su color natural.)

(Música.)

CORO

Esconda la luna

su luz plateada

y cubra la tierra

rojizo fulgor.

Retumbe del trueno

el ronco estampido

y rasque la nube

el rayo veloz.

CUPIDO.-	(Presentando la pata a DON JUAN.)	Admite este regalo.

JUAN.-	¡Toma...! Tanto ruido por una pata de cabra.

CUPIDO.-	¡Temerario! Respeta lo que no está al alcance de tu entendimiento.

JUAN.-	Pero, hombre, ¿a quién se le ocurre...?

CUPIDO.-	Calla y admite agradecido. Éste es un talismán que debe asegurar tu felicidad. Mientras lo conserves en tu posesión, triunfarás de tus enemigos y podrás contar con el logro de tus deseos.

JUAN.-	¿Cómo? ¿Con sólo formar un deseo, al momento lo he de ver cumplido?

CUPIDO.-	No por cierto. Si tal virtud tuviese el talismán, llegaría a ser funesto, porque suele engañarse el hombre en sus deseos. Hartas veces encuentra la desgracia donde creyó hallar la dicha. Con que, nada le pidas al precioso tesoro que te confío. Guarda el más profundo secreto acerca de su posesión y entrégate ciegamente a su mágico poder. Éste, por sí mismo, obrará como y cuando mejor convenga para tu bien; y dentro de poco, gracias a él, serás esposo de Leonor.

JUAN.-	¡Esposo de Leonor! ¡Ay, patita de mi alma: perdóname el haber dudado de ti! Yo ignoraba cúanto vales. ¡Oh, vanidad de los juicios humanos! Así nos engañan las apariencias; así insultamos con frecuencia al mérito que no podemos conocer.

CUPIDO.- Ya debes estar contento. Me voy, pues, que por ti no han de padecer mis demás clientes. No te olvides de mi último encargo: sigilo y confianza.

JUAN.- ¿Qué? ¿Tan pronto me dejas? Oye... atiende.

CUPIDO.- (Volviendo.) A propósito, ¿quieres que te devuelva tus pistolas?

JUAN.- (Confuso.) Calla... Sé más generoso.

CUPIDO.- Y qué, ¿no querías matarte? Tonto, ya lo ves: no hay que desesperarse nunca. A veces, en el mismo fondo del abismo, donde creyó uno caer para siempre, es donde descubre la senda que le ha de guiar a la felicidad. Adiós, adiós.

JUAN.- No te he de dejar partir antes de haber probado tu talismán; no te irás, yo lo juro. (Quiere asir a CUPIDO de las alas, pero se le escapa volando por el aire.)

CUPIDO.- ¿Quieres sujetar al amor? Medio infalible para hacerle huir. Adiós... Adiós.

Escena III

DON JUAN.

JUAN.- (Riendo a carcajadas.) Vaya una aventura singular. Como que estaré sin duda soñando. (Tocándose.) Pero no; soy yo: yo mismo en carne y huesos. Despierto estoy. Éste es indudablemente el bosque donde me refugié, reconozco el sitio; ya no tengo mis armas; aquí está la preciosa patita. Vamos, vamos, no hay duda, todo ha sido real y efectivo, aunque lejos de mis alcances, y pronto voy a ser feliz, según las promesas de mi amable y singular protector. ¡Feliz yo, feliz con mi Leonor! Uf... Me ahoga la sola idea de tanta fortuna; ¿qué será, pues, cuando se realice? Bien dicen, ya empiezo a conocerlo, que es difícil sobrellevar una repentina prosperidad. Pero, ¡vamos, a la prueba! Volvamos a Zaragoza, y sobre todo no olvidemos el último encargo de mi bienhechor: sigilo y confianza.

Escena IV

Campiña. A la derecha fachada de la casa de DON LOPE. Su aspecto es el de un castillo del siglo XII o XIII, nuevo, aunque incompletamente restaurado.

DON LOPE, DON SIMPLICIO y LAZARILLO.

SIMPLICIO.-   Pues dígole a usted, señor don Lope, que la acogida es de buen agüero. Abandono, a instancias de usted, mi noble y antiguo solar y llego presuroso a recibir la mano de mi señora doña Leonor, y no bien entro en Zaragoza, cuando, sin dejarme siquiera apear del caballo, me anuncia usted que un rival preferido ha logrado introducirse en su casa, que lo acaba usted de descubrir, que debemos mi paje Lazarillo y yo correr en persecución suya.

LOPE.-   ¿Y a quién tocaba el honor de castigar al fementido seductor sino a usted, que podía considerarse ya como esposo de mi pupila?

SIMPLICIO.-   Ya... Pero bien podía usted presentarme primero a mi interesante novia, como yo lo pretendía. Me parecía regular que conociese al menos a la fermosa dama en cuyo obsequio iba a comprometerse mi ardor caballeresco.

LOPE.-   Pero hombre, ¿no le dije a usted ya por qué no pudo ser? Si ya no paraba en casa Leonor; si acababa de marcharse cuando usted llegó, porque lo primero que hice cuando encontré a sus pies el oculto don Juan fue y debió ser el mandarla de prisa y corriendo a esta quinta a fin de tener yo más libertad para correr en pos del seductor. ¡Y cuánto siento ahora haberle cedido a usted esta empresa, confiado en que estaba más seguro su éxito en manos de un hombre más joven, más ágil, y si usted me apura, aun más interesado que yo mismo en el asunto! Pero hombre, ¿cómo es posible que no le hayan ustedes pillado, huyendo él a pie y persiguiéndole ustedes a caballo?

SIMPLICIO.-   Ya. Pero si él se internó en lo más espeso del bosque inmediato, mal nos podían valer los caballos.

LOPE.- Pero, ¿cómo no le alcanzaron ustedes antes de llegar al bosque?

SIMPLICIO.- ¡Ca! Si llegamos dos horas después.

LOPE.- ¡Habiendo salido casi al mismo tiempo!

SIMPLICIO.- Y habiendo corrido a mata caballo Lazarillo y yo más de tres horas.

LOPE.- Hombre, ¡tres horas para una legua!

SIMPLICIO.- Sí, señor; ¿qué tiene esto de particular? Pero, bien pensado, no debe usted sentir el que se nos haya escapado.

LOPE.- ¿Por qué?

SIMPLICIO.- Porque si le encuento, sucede una desgracia. Yo no me contentaba con prenderle. Era capaz de... ¿qué sé yo? Así, mansito y todo como usted me ve... en llegando a enfadarme, ni un león... Mato, destrozo, aunque se me pusiera delante el mismo demonio.

LOPE.- ¡Hombre! ¿Y se enfada usted a menudo?

SIMPLICIO.- Nunca; y si no, dígalo Lazarillo. (LAZARILLO hace seña afirmativa.)

LOPE.- (Con ironía.) En fin, ¿cómo ha de ser? Contentémonos por ahora con haberle ahuyentado de Zaragoza y entremos a descansar, que bien lo ha de necesitar usted después de haber corrido una legua a mata caballo en tres horas.

SIMPLICIO.- ¿Qué he de necesitar descanso, si la fatiga es una diversión para este cuerpo hercúleo? ¿Verdad, Lazarillo? (Seña de LAZARILLO.) Entremos con todo, que ardo por ver a la que ha de ser mi mujer. La tengo dispuesta cierta arenguita amorosa que espero no la desagrade. Por supuesto, ya que quedo sin rival me presento solo, absolutamente solo; lograré más fácilmente ser el preferido.

LOPE.- ¿Quién lo duda? Por esto la traje a esta quinta, donde no tendremos ya que temer las empresas de tanto galán. No podía darse habitación más adecuada a nuestras miras. Como ha sido castillo de los antiguos señores de la comarca, conserva aún sus torreones, restrillos, fosos y contrafosos; como que a pesar de la mucha obra que he hecho, más traza tiene de fortaleza antigua que no de una quinta moderna. Ya ve usted que todo esto es muy a propósito para sentar el juicio de una coquetilla atolondrada y guarecerse de los nuevos ardides que pudieran ocurrírsele al don Juan.

SIMPLICIO.- ¿Qué ardides ni qué alcachofas? Ahora que estoy yo de por medio, no hay cuidado; y si no... (Seña de LAZARILLO.)

LOPE.- Sin embargo, no hay que dormirse. No se puede perdonar precaución alguna. Ya por mi parte he encargado a un amigo cuatro dueñas escogidas entre las más severas, y hoy mismo las espero. Su activa vigilancia nos asegurará de Leonor. Además, interpondré toda mi autoridad, y no dudo que tantos medios reunidos llegarán a vencer la resistencia de nuestra rebelde.

SIMPLICIO.- Y en medio de tantos medios no cuenta usted el más eficaz, el irresistible ascendiente de mi amabilidad. Dígalo Lazarillo. (Seña de éste.) Es tal, que ninguna mujer quiso nunca hacerme caso.

LOPE.- ¿Cómo?

SIMPLICIO.- Lo que usted oye... Porque todas temían no poderme resistir en llegando una vez a escucharme.

LOPE.- Vamos, vamos... (Aparte a don SIMPLICIO.) Pero calla: aquí llega Leonor. Cuidado.

SIMPLICIO.- Déjeme usted hacer... Verá usted, verá usted...

Escena V

LEONOR, DON LOPE, DON SIMPLICIO y LAZARILLO.

LOPE.- Lucero, aquí tienes al esposo que elegí para ti, el señor don Simplicio Bobadilla de Majaderano y Cabeza de Buey, uno de los mayorazgos más distinguidos de Navarra. Espero que su talento, su buena presencia y sus riquezas lograrán muy pronto borrar de tu memoria a ese perillanzuelo que quiso abusar de tu poca experiencia.

LEONOR.- (Después de haber mirado a DON SIMPLICIO de pies a cabeza prorrumpe en una carcajada.) Ja, ja, ja... ¿Es el señor de decantado novio que prefiere usted a don Juan? Lindo regalo por cierto. Ja, ja, ja.

SIMPLICIO.- (Aparte a DON LOPE. Malo. Estas risas no me parecen nada lisonjeras; mas todo lo compondrá la arenga. Verá usted, verá usted...) (A LEONOR.) Señora, tenéis a la vista a un joven fijodalgo que viene a poner su corazón en vuestros pies.

LOPE.- ¿Qué está usted diciendo?

SIMPLICIO.- A poner sus pies a vuestro corazón. (Movimiento de DON LOPE.) ¡Bestia! Su corazón a vuestros pies... Sois joven, no soy viejo; sois bella, no soy feo; sois rica, no soy pobre; tenéis talento, no soy tonto; cuya cuenta y razón de recíprocos cuadales, digo, de recíprocas cualidades, demuestra que en unión con el sentimiento de la esperanza, cuyo acendrado amor... y si no... aquí está Lazarillo. (Seña de LAZARILLO.)

LEONOR.- (Riéndose.) Diga usted, señor fijodalgo, ¿ha estado usted mucho tiempo para componer su preciosa arenga?

SIMPLICIO.- ¡Ca! Señora, si apeándome del caballo... (A LAZARILLO.) ¿Verdad? (Seña de LAZARILLO.)

LEONOR.- Merece respuesta, y la daré. Mi querido tutor podrá al paso aprovecharse de ella. Aunque mi corazón estuviese libre, no admitiría la mano de usted, y mucho menos queriendo, me complazco en repetirlo, queriendo, y para siempre, a don Juan. Él sólo será mi esposo.

LOPE.- ¡Qué audacia!

LEONOR.- Tiene talento, valor y constancia, y sabrá encontrar arbitrios para libertarme del cautiverio en que se trata de detenerme; y yo declaro formalmente a ustedes que le ayudaré por mi parte en cuanto emprenda para nuestra común felicidad.

LOPE.- Esto ya pasa de raya.

SIMPLICIO.- (A LAZARILLO.) Pues, señor, quedé lucido.

LOPE.- Veremos si se burla usted impunemente de mi autoridad: de hoy en adelante los medios más rigurosos...

LEONOR.- Todos son vanos. Aunque usted consiguiera llevarme hasta el pie de los altares, allí mismo oiría usted de mi boca un no tan distintamente articulado que no habría medio de pasar adelante.

SIMPLICIO.- Digo... Pues se explica la niña.

LOPE.- Pues sepa usted, atrevida, que hoy mismo la he de entregar a usted en manos de cuatro dueñas, las más duras, las más inflexibles, las más incorruptibles.

LEONOR.- Bueno, bueno... ¿Dónde están?

LOPE.- Pronto llegarán.

LEONOR.- Ya quisiera verlas aquí: ¡qué divertidas caricaturas voy a tener al lado! ¡Con qué gusto las haré rabiar! Por de pronto, a dos o tres he de matar a pesadumbres. Eso me distraerá.

SIMPLICIO.- ¡Pues no tiene malas distracciones!

LOPE.- Señor don Simplicio, no haga usted caso. (A LEONOR.) Hase visto desvergonzada... Pero veremos, veremos...

(Música.)

LEONOR

 No habrá poder humano

que fuerce mi albedrío;

mira cómo me río

del novio y del tutor. (Se ríe.)

Si al pie de los altares

me arrastra su fiereza,

(A DON SIMPLICIO señalando a DON LOPE.)

veréis con qué firmeza

mi boca dice no.

Don Juan es gallardo

y tiene talento;

vos sois un jumento

y feo además.

Y así, despreciando

rigor y amenazas,

os doy calabazas y acojo...

y acojo a don Juan.

Mandadme las dueñas,

querido tutor;

señor don Simplicio,

quedaos con Dios.

(Vase riendo.)

LOPE.-   Perdone usted, don Simplicio; estoy confuso: no sé lo que me pasa: sigámosla y no la perdamos de vista.

SIMPLICIO.- ¡Calabazas a un Cabeza de Buey! Estoy fuera de mí: ven, Lazarillo, ven a consolar a tu desgraciado amo.

(Entran todos en casa de DON LOPE.)

Escena VI

DON JUAN y, a poco, Músicos; y luego DON SIMPLICIO.

JUAN.- Heme aquí por fin cerca de mi adorada... Pero, ¿de qué medio me he de valer para que lo sepa? Ése es su balcón, según me han informado; si pudiera de algún modo llamar su atención sin que los de casa... ¡Ah! Cantando las coplillas que compuse para ella y ella sola conoce: ya, pero sin instrumentos... Y luego mi voz, voz tan conocida... (Óyense preludios instrumentales.) ¿De dónde nacen estos preludios? (Ábrese la tierra y salen de ella cuatro músicos.) ¡Hola! Pues esto cabalmente es lo que me hacía falta. ¡Oh, preciosa patita! A ti sin duda debo este obsequio.

MÚSICO.- ¿Qué tienes que mandar? Aquí estamos para favorecer tus miras.

JUAN.- Muchas gracias, señores. Pues siendo así, vamos, pronto, un concierto in promptu para la bella Leonor. Si hubiera tiempo para que ustedes aprendiesen unas coplillas mías...

MÚSICO.- Ya las sabemos.

JUAN.- Éstos sí que son virtuosi. Parece que hay más habilidad debajo de la tierra que no encima. Cuántos cantantes y músicos conozco yo que necesitarían hacerse enterrar por algún tiempo. (Cantan los Músicos dos coplas de una jota aragonesa.)

Envidia tiene la luna

y las estrellas y el sol

a los ojos hechiceros

de la hermosa Leonor.

Viva, viva. A su gloria cantemos,

que es el ramillete y la gala del Ebro.

La humilde fortuna mía

por un imperio no doy

cuando el labio me sonríe

de la hermosa Leonor.

Viva, viva...

SIMPLICIO.-   (Sale con los Criados y permanece oculto.) He sentido música y he maliciado que podía haber gato encerrado. Me he colado por la puertecita del jardín... ¡Hola, hola...! El don Juanito con una compañía de ópera; a ver, a ver.

(Canta.)

Mucho sigilo,

no hay que chistar,

y sorprendamos

a este galán.

Cuanto quisieres

puedes cantar,

que a garrotazos

te haré bailar.

(Se asoma LEONOR al balcón, y cantan los Músicos otras dos coplas.)

MÚSICOS

Dios del amor, tus cadenas

bendice mi corazón.

¿Qué mucho, si las arrastro

por la hermosa Leonor?

Viva, viva...

Cupido huyó de Cíteres

a los valles de Aragón

al brillar la dulce aurora

de la hermosa Leonor.

Viva, viva...

JUAN

Muestra niña tu rostro hechicero;

resplandezca la luz de tus ojos

disipando por fin los enojos

que me causa tu ausencia fatal.

LEONOR

Ay don Juan, ay don Juan de mi vida,

ya tu voz que enajena mi alma;

vuelve al pecho la plácida calma

en placer convirtiendo el pesar.

SIMPLICIO

Ay, Juanito, Juanito, Juanito,

ya por fin te pillé en el garlito;

buena tunda te vamos a dar.

CRIADOS

Ya Juanito cayó en el garlito;

buena tunda le vamos a dar.

LEONOR.- ¿Es posible, bien mío, que vuelva a verte?

JUAN.- Sí, Leonor de mi vida; vuelvo siempre más tierno y más fiel, y vuelvo para libertarte de la esclavitud en que pretende detenerte tu odioso tutor y substraerte a los insulsos obsequios de ese tonto a quien destina tu mano.

SIMPLICIO.- Muchas gracias por lo que me toca.

LEONOR.- Ay, querido, trabajo tendrás. Has de saber que a todos los obstáculos que nos separan ya debe aun don Lope añadir hoy la vigilancia de cuatro dueñas que se están esperando de un momento a otro. Pero no temas, no lograrán jamás, por más que intenten, alterar el amor que te profeso.

SIMPLICIO.- Allá lo veremos.

JUAN.- ¡Cielos! Alguien nos acecha.

SIMPLICIO.- ¡Don Lope! ¡Lazarillo! ¡A él! ¡A él! ¡Aquí está!

JUAN.- (Desenvainando la espada.) Miserable, defiéndete.

SIMPLICIO.- Eso sí que no. Cuánto mejor es echar a correr. ¡A él! ¡A él! ¡Alarma! ¡Alarma! (Vase.)

JUAN.- (A los Músicos.) Amigos, esto se va ya poniendo serio; huya el que pueda. (Vase.)

Escena VII

DON LOPE, DON SIMPLICIO, Músicos y Criados armados.

SIMPLICIO.- Ahí está, ahí está.

LOPE.- ¡Qué estrépito! ¿Qué de esto?

SIMPLICIO.- El don Juan con una caterva de músicos.

LOPE.- ¿Dónde están?

SIMPLICIO.- Vedlos aquí. (Los Músicos se transforman en Dueñas.)

LOPE.- ¿Está usted en su juicio? Hombre, si son las dueñas que estábamos esperando con tanta impaciencia.

MÚSICO.- Sí, señor; y esta carta de don Hilarión, su amigo de usted...

LOPE.- (Después de haber leído.) No hay duda, ellas son. Que sea enhorabuena, señoras.

SIMPLICIO.- ¿Qué señoras ni qué espárragos? No son malas señoras. Repito a usted que son músicos o demonios. Si los he visto yo, visto con estos ojos, lo que se llama visto, hombre. Estaban con don Juan, a quien ahuyentó sin duda mi tremendo aspecto.

LOPE.- ¿Eh? Don Simplicio, ya veo que el amor y los celos le trastornan a usted el juicio. Vamos, señoras: voy a presentaros a mi pupila.

MÚSICO.- A las órdenes de usted, caballero.

SIMPLICIO.- Hombre, ¿qué está usted haciendo? ¡Introducir en la casa a esta maldita orquesta!

LOPE.- Vuelva usted en sí, don Simplicio. Pasen ustedes adelante, señoras.

SIMPLICIO.- Pero si le digo a usted que estas brujas son músicos...

LOPE.- Hombre, déjeme usted en paz con mil demonios.

SIMPLICIO.- O con cuatro... Pero...

LOPE.- Vamos, está visto: el pobre perdió la cabeza.

SIMPLICIO.- ¿No la he de perder, hombre de Satanás, viendo tal obstinación?

(Entran todos en la casa.)

Escena VIII

Cuarto de LEONOR. Puertas a derecha e izquierda. A la derecha, un tocador elegante con su espejo; en medio, otro espejo de cuerpo entero. Varios retratos muy antiguos adornan el cuarto.

LEONOR.

LEONOR.- Estoy sin vida. Salió mi tutor contra don Juan; le acompañaron todos los criados con armas. Si mi amigo trata de oponer alguna resistencia, sucumbe infaliblemente. ¡Gran Dios! Y ese penates de don Simplicio, que ha dado el alarma, y que por consiguiente será causa de cuanto pueda haber ocurrido de funesto... ¡Ah! Si hasta ahora sólo me pareció ridículo, ¡cuánto va a serme odioso en adelante! Siento ruido. Deseo y temo a un tiempo de saber lo que ha pasado.

Escena IX

DON LOPE y LEONOR.

LEONOR.- (Asustada.) Y bien, señor, ¿qué ha sucedido?

LOPE.- ¿Qué ha de haber sucedido? Yo no sé lo que significa el alarma de don Simplicio, el tono de tu pregunta... ¿Habréis perdido todos la chavera en casa?

LEONOR.- Pero, ¿no habéis salido ahora mismo apresurado de casa?

LOPE.- ¿Y qué?

LEONOR.- ¿Y no habéis encontrado...?

LOPE.- ¿A quién?

LEONOR.- ¿A don Juan?

LOPE.- Otra le pego. ¿No le dije yo que estaban locos? Todos soñando con don Juan. No, señora. A quien he encontrado en la puerta de casa, pese a usted, es a las cuatro dueñas que estaba esperando... ¿Qué tal?

LEONOR.- ¿Qué? ¿No habéis visto a don Juan?

LOPE.- Dale, bola, ¿eh? ¿Quién ha sabido de él desde que huyó de casa?

LEONOR.- Pero, ¿no habéis visto...?

LOPE.- Un demonio. ¿Dónde quieres que le haya visto?

LEONOR.- (Aparte.) Ya respiro.

LOPE.- ¿Si creerás que seré yo tan loco como tú y don Simplicio, que, aunque con distintos motivos, os figuráis ver al tal don Juanito en todas partes? ¡Buena alhaja, por cierto, tu tierno amante! ¿Qué se ha hecho de esa constancia a toda prueba que tanto alababas en él? ¿Qué? ¿Duerme su genio emprendedor? ¿No decías que pronto había de volver? ¿Que pronto emplearía recursos extraordinarios para liberarte? ¡Necia! ¡Y qué poco conoces a los hombres! Apostaría que ni siquiera se acuerda ya de ti. Ya ve que no le has merecido ni el menor esfuerzo para darte noticias suyas. Ah, Leonor, otra en tu lugar estaría indignada de su conducta.

LEONOR.- ¿Sí? Pues a mí me encanta.

LOPE.- ¡Hola! Pues más vale así: a fe que eres indulgente. A bien que él no ha dejado de conocer que saldrían fallidas todas sus tentativas. Ya... ya... Él me conoce y sabe que nadie me la pega dos veces. Digo. Y ahora, con el auxilio de los argos que me han enviado... veremos si consigues burlar la incesante vigilancia que te va a circundar en adelante.

LEONOR.- En verdad, señor tutor de mi alma, que conseguirá usted envanescerme y darme de mí misma una idea superior. ¿Cómo? ¿Tantas precauciones contra mí? A fe que empiezo a creerme mucha persona.

LOPE.- Sí, sí; ríase usted, ríase usted de mi cautela. Sobrará, si usted quiere, lo que empleo; pero más vale así, que si llegase a faltar... Eh, sepa usted que sus venerables doncellas no la han de perder de vista ni de día ni de noche, y como aún no se ha hecho costumbre el que no duerman nunca las dueñas, he acordado que para la noche convengan entre ellas en un turno de guardia dispuesto de modo que queden siempre a lo menos dos al lado de usted, y que se me pueda dar cuenta, de hora en hora, de todas sus acciones, movimientos, palabras...

LEONOR.- ¿Y pensamientos, tal vez? ¿Por qué no? A bien que es excusado; yo se los manifiesto a usted con bastante franqueza. Con que ya estoy presa, ¿eh? ¿Si se figurará usted que yo voy a adoptar el tono triste y consternado de una cautiva? Ja, ja, ja... Pronto se convencerá usted de que no puede ser guardar una mujer.

LOPE.- «Allá lo veredes», dijo Agrajes. Señoras, pasen ustedes adelante.

Escena X

Dichos y DON SIMPLICIO.

SIMPLICIO.- (A DON LOPE.) No, señor; no lo he de sufrir, no entrarán ustedes. ¿Es posible, hombre porfiado, hombre testarudísimo, hombre... aragonés, por fin; es posible que usted se empeñe en entregar su pupila a esas pretendidas dueñas, a pesar de cuanto le dije? Repito que vi a don Juan con cuatro músicos en la puerta de usted, que no había tales dueñas, que eso será sin duda un disfraz con que mi rival trata de introducir sus emisarios.

LOPE.- No sea usted majadero.

SIMPLICIO.- Por vida de... Señora, a la franqueza de usted apelo. ¿No estaba usted hace un rato asomada al balcón?

LEONOR.- Sí, señor.

SIMPLICIO.- ¿No estaban unos músicos tañendo y cantando en el portal?

LEONOR.- Sí, señor.

SIMPLICIO.- ¿No estaba al frente el don Juan?

LEONOR.- Sí, señor.

SIMPLICIO.- ¿No habló con usted?

LEONOR.- Sí, señor.

SIMPLICIO.- ¿No dijo que yo era un tonto?

LEONOR.- Sí, señor.

SIMPLICIO.- ¿No dijo que siempre la amaría a usted?

LEONOR.- Sí, señor.

SIMPLICIO.- ¿Y usted no le contestó otro tanto?

LEONOR.- Sí, señor.

SIMPLICIO.- (A DON LOPE.) ¿Qué tal? Pues dígole a usted que en llegando a casarme con ella...

LEONOR.- (Incomodada.) Sí, señor; sí, señor; sí, señor.

LOPE.- Desvergonzada. ¿Con que ese pícaro se atreve todavía...? A bien que yo sabré vengarme. Señor don Simplicio, no se desanime usted: usted ha de ser su marido. Pero...

SIMPLICIO.- Pero, pero... ¿Qué pero ni qué manzano? ¿Qué tal, muy señor mío?, ¿son músicos o son dueñas?

LOPE.- Hombre, ¿qué tiene que ver lo uno con lo otro? Bien, estuvo don Juan con sus músicos en el portal; dais voces; oye que acudimos en fuerza; huye con su gente; da la casualidad que llegan en el mismo momento las dueñas y no encontramos sino a ellas. Yo no veo en todo esto nada que no se explique muy naturalmente.

SIMPLICIO.- Pero, ¿no podían ser los mismos músicos disfrazados?

LOPE.- (Irónicamente.) Sí, que en un abrir y cerrar de ojos han mudado de traje, y de cara, y... ¡Eh! No sé cómo me detengo en contestar a tantas vaciedades... ¿Y la carta de recomendación de don Hilarión?

SIMPLICIO.- Vamos, ya me voy convenciendo: que entren, pues. (Aparte.) Con todo, bueno será no perderlas de vista.

LOPE.- Con que, señoras, adelante. Ya conocéis mis intenciones. Espero que las seguiréis al pie de la letra. (Vase con DON SIMPLICIO.)

Escena XI

LEONOR y Músicos vestidos de Dueñas.

MÚSICO.- Señorita, a las órdenes de usted.

LEONOR.- Querréis decir a las de mi tutor. Pero una vez que él os ha manifestado sus intenciones, bueno será que yo también os dé a conocer las mías. Yo ignoro qué salario os habrá señalado don Lope; pero por crecido que sea, siempre será poco en comparación de los trabajos que os esperan. Habéis de saber, en primer lugar, que me sucede a menudo dar, a un mismo tiempo, diez órdenes contradictorias, y que exijo sin embargo se cumplan todas sobre la marcha. De noche me levanto doce o quince veces para ir a dar una vuelta al jardín, y, como pupila obediente y respetuosa, no me descuidaré en despertaros para que me acompañéis según lo mandó mi tutor. De día mudo ocho o diez veces de traje, y empleo dos horas largas en cada tocador. Ja, ja, ja. De antemano río de la vida divertida que vais a llevar. A ver, a ver; quiero desde ahora probar vuestra habilidad. Vamos, la más diestra de ustedes venga a peinarme. Vamos, avivarse.

MÚSICO.- Señora, un poco de paciencia... Ya voy.

LEONOR.- Venga una silla. Quisiera un peinado con flores... pero no las tengo aquí; id pronto a buscarlas en un cajón que encontraréis ahí dentro, encima de la cómoda. (LEONOR se sienta al tocador. Éste se transforma en un trono de flores, donde está JUAN presentándole una corona de rosas, mientras que las cuatro Dueñas se transforman en ninfas que se agrupan alrededor de ella, enlazando a los dos amantes con guirnaldas de flores.) ¿Qué veo? ¡Don Juan! ¡Qué prodigio!

JUAN.- Oh, Leonor mía, contempla en mí al más feliz de los mortales.

(Música.)

JUAN

No turbe tus sentidos

mi extraña aparición,

pues obra cuando es grande

prodigios el amor.

LEONOR

Si un punto la sorpresa

mi pecho conturbó,

devuelven tus acentos

la paz al corazón.

JUAN

La aurora de mi dicha

ya brilla junto a ti,

y rápidas huyeron

las penas que sufrí.

Si ciego, niña hermosa,

te amé cuando te vi,

mayor es cada día

mi amante frenesí.

LEONOR

La aurora de mi vida

ya brilla junto a ti,

que no hay sin tu cariño

ventura para mí.

También yo, dueño mío,

te amé cuando te vi;

también el tiempo acrece

mi amante frenesí.

JUAN

Desprecia, bien mío,

el fiero rigor

de un novio importuno

y un necio tutor.

Amor en la lucha

saldrá vencedor,

que todo en el mundo

lo vence amor.

LEONOR

Desprecia, bien mío,

el fiero rigor

de una novia importuna

y un necio tutor.

Amor en la lucha

saldrá vencedor,

que todo en el mundo

lo vence amor.

Escena XII

Dichos y DON SIMPLICIO.

SIMPLICIO.- ¡Virgen del Pilar! Ahora con una compañía de baile... Pronto, a don Lope... A ver si dirá otra vez que veo visiones.

LEONOR.- Explícame, bien mío, por qué medios sobrenaturales...

JUAN.- No me preguntes nada, Leonor, y celebremos los efectos sin indagar las causas.

SIMPLICIO.- Por aquí... por aquí... Ya verán ustedes.

LEONOR.- Somos perdidos... Simplicio llega con mi tutor. ¿Qué haremos, Dios mío?

JUAN.- ¿Qué sé yo? (A las ninfas.) ¿Ustedes, por supuesto, sabrán lo que tienen que hacer en tal punto? (Las ninfas responden que sí.)

LEONOR.- ¿Y tú? Por ahora ocúltate en mi cuarto... Ya no hay tiempo... ¡Oh! Detrás de ese espejo. ¿Y todo ese aparato? ¿Y mi tocador?

(Vuelve el tocador a su forma primera y desaparecen las ninfas. DON JUAN está escondido detrás del espejo.)

Escena XIII

DON JUAN, LEONOR, DON LOPE, DON SIMPLICIO y Criados armados.

SIMPLICIO.- Le digo a usted que estoy cierto, ciertísimo. ¿Dónde está?

LOPE.- ¿Sabe usted, señor don Simplicio, que ya empiezan a cansarme sus extravagancias?

SIMPLICIO.- Diga usted lo que quiera. Yo puedo jurar que lo acabo de ver a los pies de la señorita con una compañía de baile completa.

LOPE.- ¿Eh? ¡Majadero! Siempre a vueltas con la compañía de baile, con la compañía de ópera...

SIMPLICIO.- Es que las tengo sentadas en el estómago.

LOPE.- Es que usted está viendo visiones.

SIMPLICIO.- ¿Visiones? Pues el tiempo lo dirá.

LOPE.- (A LEONOR.) ¿Me hará usted el favor, señorita, de decirme dónde están sus dueñas?

LEONOR.- ¿Qué? ¿Acaso estaba yo encargada de velar sobre ellas? Había creído lo contrario.

SIMPLICIO.- ¿Qué dueñas? Bien lo dije yo que no había tales carneros. Ya, como son brujas, brrr, se habrán volado... No lo dude usted, señor don Lope: aquí hay magia; el mismo demonio se ha introducido en casa.

LOPE.- Yo confieso que empieza a confundirme tanto embrollo.

SIMPLICIO.- Pues yo no me confundo tan fácilmente, y no desespero de descubrir a mi alevoso rival. No es brujo él, no tiene alas, y no habrá podido volar con ellas. Por consiguiente, estará por ahí escondido en algún rincón. Voy a revolver la casa de arriba abajo, y si doy con él, si doy con él... (A los Criados.) Seguidme vosotros, y vamos en su busca.

JUAN.- (Escondido.) Busca.

SIMPLICIO.- (A DON LOPE, creyendo que es él quien ha hablado.) Ya se ve que buscaré, y para descubrirle, para darle el merecido castigo, todo lo resolveremos.

JUAN.- (Escondido.) Veremos.

SIMPLICIO.- (A DON LOPE.) Sí, señor: lo verá usted.

LOPE.- Pero, hombre, ¿a qué me viene usted a mí...?

SIMPLICIO.- Sí, señor: a usted, a usted. ¿Qué significa eso de busca, veremos...? Eso es dudar, y dudar de mi valor, y yo no acostumbro tolerar ultraje igual ni del mismo... Pero, ¿a qué perder tiempo? Manos a la obra, y si no salgo con honor de mi empresa diga usted que don Simplicio Bobadilla es un tonto.

JUAN.- (Escondido.) Tonto.

SIMPLICIO.- (Temblando.) Esta sala tiene eco.

(Se ríe LEONOR.)

LOPE.- ¿A qué vienen estas risas, señorita?

LEONOR.- Me ha hecho gracia el talento que tiene el eco en acertar.

SIMPLICIO.- Su eco de usted, señorita, es un grosero, un...

LOPE.-   Ya estoy convencido de que don Juan está escondido en esta pieza. (A LEONOR.) Si le descubrimos, temblad.

JUAN.-   (Escondido.) Temblad.

LOPE.-   Ésta es su voz, no lo puedo dudar. Busquemos. La voz me ha parecido salir de...

JUAN.-   (Escondido.) Aquí, aquí.

SIMPLICIO.-   Detrás del espejo, detrás del espejo.

(Va DON LOPE con los Criados a registrar.)

LOPE.-   Pues si no hay nadie.

TODOS.-   (Atónitos.) ¡Nadie!

SIMPLICIO.-   Pues, magia, brujerías.

LEONOR.-   ¿Qué significa todo lo que pasa hoy con don Juan? ¿Si estaré soñando?

LOPE.-   Pero usted, señorita, ¿nos hará el favor de explicarnos tanto misterio?

SIMPLICIO.-   Sí, sí, explicarnos.

LEONOR.-   ¿Y cómo podré explicaros lo que yo misma no alcanzo?

LOPE.-   Pero, en suma, ¿entró aquí don Juan?

LEONOR.-   Sí, señor.

LOPE.-   ¿Y dónde...?

LEONOR.-   Detrás de ese espejo.

LOPE.-   Os burláis; si acabo de registrar y nada...

SIMPLICIO.-   ¿Eh? El miedo os turbaría la vista. Pero no hay duda que ahí está. Todos hemos distinguido su voz en esa dirección.

LEONOR.- Una vez que yo registré con miedo, ¿por qué no va usted? Usted, que es más valiente, puede...

SIMPLICIO.- (Temblando se aleja del espejo.) Ya se ve que iré...

LEONOR.- (Mofándose.) No es aquel el camino. Vamos, ánimo, señor don Simplicio; por aquí, por aquí.

SIMPLICIO.- Sí, señora, que iré, y el tal don Juan... Vamos allá, vamos allá. A él, a él, amigos. (Echa delante de sí a los Criados, que también tiemblan. Al fin se acercan al espejo, y no atreviéndose a mirar detrás, le inclinan de cabeza al suelo, hacia sí, de forma que, quedando descubierto el sitio donde se ocultó DON JUAN, vean todos que ha desaparecido. Luego llevan el espejo a otro punto de la sala.) Pues, bien mirado, me alegro de no haberle encontrado.

LOPE.- ¿Por qué?

SIMPLICIO.- Porque una vez a cara con él yo podía perderme. (Echando mano a la espada.) ¿Quién sabe las resultas?

LEONOR.- (Riéndose a carcajadas.) Ja, ja, ja. ¡Pobrecito!

LOPE.- (A LEONOR.) Tanto descaro ya pasa de raya. Se me acabó la paciencia. ¡Burlarse en estos términos de un padre!

SIMPLICIO.- ¡De un esposo, como quien dice!

LOPE.- (A los Criados.) Llevadla al punto a una de las torres del castillo. Allí ha de permanecer hasta que, sumisa, admita la noble mano del esposo que la presento.

SIMPLICIO.- Bien hecho.

LOPE.- (A los Criados.) ¿Qué os detiene? Vamos, obedeced.

(Se disponen los Criados a prender a LEONOR. Sale DON JUAN de detrás del espejo.)

JUAN.- Deteneos, o temedlo todo de mi furor.

SIMPLICIO.-   A ver si me engañé cuando dije que detrás del espejo...

JUAN.- ¡Hola, caballerito! Con que eras tú quien pretende robarme mi Leonor... A ver si te atreves a disputármela con las armas en la mano.

SIMPLICIO.- Sí, señor, con las armas veremos... (Se esconde detrás de los Criados, empujándolos hacia DON JUAN.) Deténganme ustedes, deténganme ustedes, o si no le mato.

LOPE.-   (A los Criados.) ¿Qué estáis haciendo ahí plantados? Vamos, desarmadle, prendedle.

(Los Criados acometen a DON JUAN; éste sucumbe.)

 SIMPLICIO.-   Ya ves, rival temerario, lo que cuesta atreverse con un hombre como yo. Ya quedas vencido.

JUAN.- ¡Cobarde!

(Huye DON SIMPLICIO.)

LOPE.- (A los Criados.) Llevadle también a una de las torres; pero que sea distinta de la que ha de habitar Leonor. Luego acordaré lo que ha de hacerse con él.

JUAN.- ¡Leonor mía...!

LEONOR.-   Tranquilízate, amigo; mi corazón, más justo que la suerte, no te hará traición.

LOPE.- Llevadlos, llevadlos pronto.

SIMPLICIO.- Sí, sí: y cuidado con él, sobre todo; no le soltéis.

(Los Criados llevan a los dos amantes.)

Escena XIV

DON SIMPLICIO y DON LOPE.

LOPE.-   Ahora que estamos solos, señor don Simplicio, permítame usted confesarle que le creía más valiente.

SIMPLICIO.-   (Echando mano a la espada.) ¿Cómo se entiende? Agradezca usted el título de tutor de mi novia; él refrena mi justa indignación. De lo contrario, ya hubiera usted experimentado si se duda impunemente de mi valor.

LOPE.-   ¿Ahora salimos con ésa? Hombre, ¿a qué viene ese alarde marcial conmigo? ¿No venía mejor cuando estaba presente su rival de usted?

SIMPLICIO.-   Es que entonces, como ahora, como siempre, me contuve porque sé hasta qué extremo puede llevarme mi natural ímpetu una vez metido en la refriega.

LOPE.-   Ya; y por lo mismo no se mete usted nunca. Pero dejemos eso ahora. No hace falta el valor para marido, o a lo menos no es de la misma clase el que se requiere. Con que, a pesar de lo visto, me mantengo en lo ofrecido: Leonor será de usted; mas debemos, ante todas [las] cosas, acabar con el temible rival que usted tiene.

SIMPLICIO.-   Temible no para mí, por cierto.

LOPE.-   ¡Otra vez! Hombre, no sea usted majadero y déjese usted de inútiles baladronadas. ¿Qué haremos con don Juan?

SIMPLICIO.-   Llevarle con buena escolta a Zaragoza y entregarle a la justicia para que me le ahorquen por vago, por seductor, por alborotador, por atropellador de los derechos tutoriales y noviales.

LOPE.-   Pues vamos, a ello. No hay que perder tiempo.

Escena XV

Vista de la parte de la quinta de DON LOPE donde están los torreones. Detrás de las rejas aparecen en el uno DON JUAN y en el otro DOÑA LEONOR.

DON JUAN, LEONOR y luego CUPIDO, DON LOPE y DON SIMPLICIO.

LEONOR.-   No es tanta nuestra desgracia, amigo mío, cuando la disposición de estas rejas nos permite siquiera vernos y hablarnos.

JUAN.-   ¡Ay, Leonor! Estás presa, padeces, y todo por mi causa. De cuantos males podían acometerme, esta idea es la mayor.

LEONOR.-   ¿Es posible que así te acalores? Piensa, mi bien, que para tu Leonor no es padecer por ti y contigo.

JUAN.-   ¡Con que sólo para hacer más amargas las penas que me esperaban, el hado quiso por un momento resucitar mis risueñas esperanzas! Mi decantado protector, ya lo conozco, sólo quiso burlarse de un infeliz. ¿Dónde han venido a parar los beneficios que me fueron prometidos?

Escena XVI

Dichos, DON SIMPLICIO y DON LOPE.

SIMPLICIO.-   Ya están en chirona. Veremos quién los liberta ahora de mi brazo seglar.

JUAN.-   ¡Ah! ¡Cuánto me arrepiento ahora de mi necia credulidad!

CUPIDO.-   Tente, desconfiado; ahora verás cómo castigo a los ingratos.

SIMPLICIO.-   Adentro. Le llevaremos caballero en un burro. (Va a entrar en el castillo y se halla encerrado en una jaula entre animales monstruosos; entre tanto se hunden las torres, y los amantes con CUPIDO atraviesan en un carro luminoso por encima de la jaula.)

JUAN.- ¿Quién más burro que tú?

SIMPLICIO.- ¡Ay! ¿Qué es esto? Nos ha enjaulado el demonio.

LOS DOS.- ¡Socorro! ¡Favor!

SIMPLICIO.- ¡Leonor! ¡Leonor! Yo me arrepiento. Si me caso contigo, yo seré manso sin necesidad de este agasajo.

LOPE.- Arte perezoso.

SIMPLICIO.- Estese usted quieto, que me duele; yo correré...

Acto II

El teatro representa un jardín con una casa elegante en el fondo que tiene tres balcones en el cuarto principal y dos rejas en el bajo. A la izquierda, un árbol grande; a la derecha, entrada de un bosquecillo.

Escena I

DON SIMPLICIO, DON LOPE, un ESCRIBANO y tres Alguaciles.

(Música.)

CORO

Mucho sigilo,

gran discreción

y en nuestras uñas

caerá el bribón.

Prudencia,

chitón.

SIMPLICIO

Gran misterio, mucho tino,

que es un brujo muy ladino

y le ayuda Lucifer.

CORO

Descansad en nuestra astucia,

don Simplicio Bobadilla,

que al topar con un golilla

todo el mundo echa a correr.

(Asómanse los Alguaciles con gran misterio por los bastidores.)

SIMPLICIO

Ya imagino

verle atado

y encerrado

en la prisión

y el gozo inunda mi corazón.

CORO

Prudencia,

chitón.

(Bajando precipitosamente para imponer silencio a DON SIMPLICIO.)

SIMPLICIO

Chitón, chitón.

CORO

Sigamos la pista

al brujo maldito,

que pague en la hoguera

su infame delito;

que muera, que muera

sin más dilación.

Discreción,

chitón.

Ataquemos

al bribón;

chitón, chitón.

ESCRIBANO.- Pues, señores, ya lo ven ustedes. Lo que es dentro de la casa no están. No se puede haber registrado con más escrupulosidad. Los criados declaran que no han visto forastero alguno; que su amo don Gonzalo ha salido a dar un paseo. Con que yo no puedo hacer más, y me retiro con mi gente. (Señalando a DON SIMPLICIO.) Pero no será sin advertir a ese caballero que antes de recurrir a la justicia, y de provocar una campanada de que don Gonzalo podrá resentirse con razón, debió cerciorarse mejor y adquirir más y mejores datos.

SIMPLICIO.- Eso es; ahora pagadle conmigo, después que me han robado la novia. Como dice el refrán, tras de...

LOPE.- Chitón, desvergonzado.

SIMPLICIO.- (Llorando de rabia.) ¿Cómo he de callar, cuando estoy viendo que todo se conjura contra mí? ¿Qué más datos me piden? (Señalando a DON LOPE) Que se ha fugado la novia con su Juanito, bien lo sabe papá, bien lo puede decir Lazari... (No acaba, advirtiendo que LAZARILLO está ausente.) Que se han refugiado aquí me lo ha revelado, asegurado y jurado un criado del expresado don Gonzalo por vengarse de su amo, que le acababa de despedir; que los demás criados nos lo niegan ahora, cierto es; pero, ¿no tienen interés en mentir para encubrir la falta de su amo? Que ya no están en casa los delincuentes harto averiguado lo tengo; que salió a paseo don Gonzalo bien puede ser; pero, ¿no pueden aquéllos haber salido con él? ¿No pueden estar andando por ahí en las mismas dependencias de esta hacienda? Y así como se ha registrado la casa, ¿no sería más justo registrar ahora jardín, huerta, parque, etc., que no habérselas a troche y moche con el inocente oprimido?

LOPE.- Vamos, don Simplicio, sosiéguese usted, por Dios, que le va a dar un causón.

SIMPLICIO.- Calle usted. ¿Si creerá el señor escribano que sólo con la espada saben defenderse los Cabeza de Buey? Aunque caballero, algo sé yo de letras.

LOPE.- (Al ESCRIBANO.) Pues mire usted, señor escribano, no deja de tener razón. Para que el registro sea completo deben recorrerse todas las dependencias de la casa, y si usted no tiene inconvenientes...

ESCRIBANO.- ¿Yo? Corriente. (A dos Alguaciles.) Mientras don Lope, yo y uno de los ministros damos vuelta al parque, guarden ustedes la salida de la verja grande; y usted, señor don Simplicio, quédese aquí de centinela para impedir el paso al bosquecillo que guía a la puerta de la huerta.

SIMPLICIO.- ¿Cómo? ¿Cómo? ¿Me dejan ustedes solo? Aquí don Lope. (Señalando al ESCRIBANO.) Y yo acompañaré al señor.

ESCRIBANO.- No puede ser, porque mis diligencias han de estar autorizadas con la presencia del tutor, única persona hasta ahora a quien yo puedo reconocer con derechos suficientes.

SIMPLICIO.- Si a lo menos estuviera conmigo mi escudero Lazarillo...

LOPE.- Hombre, si sabe usted que le hemos dejado ahí fuera guardándonos los caballos. Pero, ¿qué significan esos temores, señor don Simplicio?

SIMPLICIO.- Yo no temo nada, sépalo usted: nada. Lo único que pudiera temer es que... presentándoseme don Juan se travase entre él y yo un combate a todo trance, en cuyo caso me haría suma falta mi escudero, como obligado que está a asistirme en tales lances por las leyes que el uso ha establecido entre caballeros. Pero, ¿a qué voy ahora a meterme en libros de caballería con un hombre que...? Vamos, vamos... Más vale callar, que me ciega la cólera y...

LOPE.- No se acalore usted, señor ciego: voy a mandarle su Lazarillo.

(Vanse todos, menos DON SIMPLICIO.)

Escena II

DON SIMPLICIO.

SIMPLICIO.-   Pues, señor, una vez que me abandonan indefenso a las astas del toro, ingeniémonos para hacer menos peligroso el lance. Si pudiera yo observar sin ser visto... ¡Ah! ¡Felicísima ocurrencia! Subiéndome a un árbol, desde allí... (Trepa por el árbol.) Oh, airadas sombras de mis nobles antepasados, cerrad los ojos y disimulad el plebeyo recurso que adopto: todo es lícito cuando se trata de la conservación de este único vástago de los Majaderanos y Cabeza de Buey. Me van faltando las fuerzas. Ya se ve, estarse uno tanto tiempo en ayunas... (Consigue colocarse encima del árbol.) ¡Eh! Ya estoy en salvo. El caso es que no podría permanecer mucho tiempo en esta postura. La sed que ya empieza a abrasarme, el hambre no menos imperioso que me va atormentando... (Viendo venir a DON JUAN y DOÑA LEONOR.) Mas, ¿qué veo? Ellos son. (Mira hacia un lado y otro como para descubrir a alguien de su comitiva.) ¡Si pudiera llamar...!

Escena III

DON SIMPLICIO sobre el árbol, DON JUAN, DOÑA LEONOR y DON GONZALO.

LEONOR.-   Te doy la más completa enhorabuena, primo mío. ¿Sabes que no hay en todo Aragón una posesión igual a la tuya?

JUAN.- Seguramente.

GONZALO.- Es muy de ustedes.

LEONOR.-   ¡Y qué jardines, qué parque tan hermoso y tan grande! Como que la vuelta que hemos dado me ha cansado de veras.

GONZALO.-   ¿Sí? Pues entren ustedes a descansar mientras se le acaba de disponer el almuerzo.

JUAN.-   No; estaremos mucho mejor aquí al fresco. (A LEONOR.) ¿Qué te parece?

LEONOR.-   Tienes razón; ¡hace un calor…!

GONZALO.-   Como ustedes gusten. Voy volando a que les traigan a ustedes la mesa a la sombra de esa encina.

JUAN.-   Hemos venido a molestar a usted en unos términos…

LEONOR.-   Y quiera Dios que la generosa hospitalidad que le debemos no le acarree mayores incomodidades. Si mi tutor llega a saber…

GONZALO.-   ¡Ca! No hay cuidado. Antes de que pueda sospecharse nada ya están ustedes unidos. Agur, al momento vuelvo.

SIMPLICIO.-   (Aparte.) Pues, señor, yo estoy aquí a las mil maravillas.

Escena IV

Dichos, menos DON GONZALO.

JUAN.-   Excelente idea fue la tuya de venir a ampararnos de tu primo Gonzalo: ¡qué hombre tan generoso! Y yo que desconfiaba de él…

LEONOR.-   ¡Con qué injusticia!¡Si le hubieras oído hablar con don Lope cuando supo que éste te había echado de casa…! ¡Cuánto más prudente hubiera sido, le decía, casar a esos muchachos que no dar un cuarto al pregonero con sus amores!

JUAN.-   ¿Qué quieres? Yo pobre, él rico; yo poeta, él mayorazgo. ¿Quién demonio hubiera pensado que pudiésemos llegar a ser amigos?

LEONOR.-   Pues ya ves cuánto te engañabas. Pero, a todo esto, ahora que estamos solos, ¿me harás el favor de explicarme los prodigios de esta mañana? Aquellas dueñas, tu introducción en casa, nuestra fuga aérea… ¿Sabes que es menester amarte mucho para no tener miedo? ¿Si serás hechicero?

JUAN.- Calla, Leonor mía; ¿qué más hechizos que tus bellos ojos?

LEONOR.- Ta, ta, ta... Un requiebro no es una respuesta, señor mío.

JUAN.- Muchas veces la suple.

LEONOR.- No conmigo, te lo advierto. Con que, vamos, dímelo todo. Todo es sorpresas para mí, y tú, por lo visto, nada extrañas.

JUAN.- Tengo mis motivos para ello.

LEONOR.- ¡Oiga! Con que es decir que tú n o tienes en mí bastante confianza para...

JUAN.- ¡Cuán injusta eres, Leonor! ¿Puedes creer que guardaría de ti el secreto si me perteneciera?

LEONOR.- Que te pernenezca o no... ¡Ay, amigo mío, te querré tanto...! Vamos, ¿qué quieres? Soy mujer y...

JUAN.- Oye, Leonor, nuestra felicidad pende de mi discreción.

LEONOR.- ¿Con que nada sabré? ¡Ay, qué felicidad tan cara! Vamos, no te pregunto más: tengo aun más amor que curiosidad.

JUAN.- ¡Oh, mujer incomparable! Mas ya viene Gonzalo.

Escena V

Dichos y DON GONZALO con dos Criados que traen una cesta y una mesa.

GONZALO.- ¡De buena hemos escapado!

LEONOR y JUAN.- ¿Qué hay?

GONZALO.- Friolera: que mientras estabámos dando nuestro paseo, don Lope y don Simplicio, asistidos de la justicia, han venido en busca de ustedes.

JUAN.- ¿Es posible?

LEONOR.- ¡Gran Dios!

GONZALO.- Y han registrado la casa de arriba abajo.

LEONOR.- Pronto, pronto, amigo mío, huyamos.

GONZALO.- ¿Y dónde estaréis mejor que aquí? ¿No veis que ya, registrada la casa, no pueden suponer que estéis en ella?

JUAN.- (A LEONOR.) Tiene razón.

GONZALO.- Con que, ya que pasó el peligro, tomen ustedes un bocado mientras llega la hora de comer. No dejarán ustedes de necesitarlo. Ínterin, voy yo...

JUAN.- ¿Cómo? ¿No nos hace usted compañía?

GONZALO.- ¡Jesús! Si había yo almorzado muy bien antes que llegaseis. Con que, buen provecho. Voy mientras tanto a escribir cuatro letras al amigo Tello de Zaragoza para encargarle las diligencias precisas, y mañana a estas horas, si Dios quiere, estaréis ya desposados y velados. Que vengan entonces don Lope y su interesante protegido.

(Mientras [transcurría] la anterior escena han estado los Criados disponiendo la mesa. Se va con ellos DON GONZALO, y se sientan DON JUAN y DOÑA LEONOR.)

Escena VI

Dichos, menos DON GONZALO y los Criados.

SIMPLICIO.- (Aparte.) Eso es: a comer, a beber, mientras que yo... ¡Por vida de Tántalo! ¡Y que tenga yo que sufrir esto en presencia de mi desfallecido estómago!

JUAN.- (Después de haber echado vino en los dos vasos.) Vamos, Leonor: un brindis. ¡A nuestro próximo enlace! (Beben.)

SIMPLICIO.-   (Aparte.) ¡Que no se te vuelva veneno, maldito!

LEONOR.-   Y el pobre Simplicio, ¿qué estará haciendo a estas horas?

JUAN.-   Corriendo por esos campos en pos de su ingrata dama.

LEONOR.-   ¿Cómo ha llegado a figurarse ese mostrenco que pudiesen jamás hacerle dueño de mi mano ni las más violentas persecuciones? Un hombre tan feo...

JUAN.-   Tan ridículo...

LEONOR.-   Tan tonto...

JUAN.-   Tan cobarde...

LEONOR.-   Tan... ¡Dios mío!

JUAN.-   ¿Qué sucede? Estás trémula...

LEONOR.-   Silencio... Aquellos alguaciles vienen sin duda en nuestro seguimiento.

SIMPLICIO.-   (Aparte.) ¿Qué hablarán?

JUAN.-   Es cierto. Sígueme. Allí podremos ocultarnos. (Vanse por la derecha.)

SIMPLICIO.-   Se van... y abandonan el almuerzo. Corramos a avisar al escribano... No: almorcemos primero. (Mientras baja del árbol, atraviesan el foro los Alguaciles, cantando el alegro del coro de introducción.) Qué bien me voy a atracar aquí a mis solas y a mis anchas... Empecemos por esta soberbia trucha que tanto me agradó a vista de pájaro... Pero, ¿qué miro? Son ellos... Si corro me verán... Arriba... Pero que ayunen al menos... (Coge el mantel por las cuatro puntas y súbese al árbol con cuanto había encima de la mesa. Salen DON JUAN y DOÑA LEONOR.)

JUAN.-   Nada temas: ya se fueron.

LEONOR.-   Huyamos de aquí.

JUAN.- Recuerda lo que dijo tu primo. Puesto que aquí no nos han encontrado, nos buscarán por otra parte. Tranquilízate y almorcemos.

SIMPLICIO.- Lo que es por ahora, difícil lo veo. (En este momento la mesa aparece cubierta de viandas y un enorme mono que sale del árbol arrebata a DON SIMPLICIO lo que se disponía a comer.) ¿Eh? De dónde ha salido este avechucho... Vaya unos pájaros que se crían en la posesión de don Gonzalo... Caballero mono, déjeme usted siquiera un panecillo y una chuleta. (El mono hace con la mano ademán de que no quiere.) Vamos, que esas son chanzas pesadas. (Desaparece el mono.) Mas, ¿qué veo? La mesa está otra vez cubierta de viandas. Está visto que mi rival es un brujo consumado.

JUAN.- ¿Te convences de que no piensan en volver?

LEONOR.- He pasado un miedo...

JUAN.- Olvidemos los peligros y pensemos tan sólo en nuestro amor.

(Música.)

JUAN

Al ver tus negros ojos,

tus labios de clavel,

mi pecho enamorado

se inunda de placer.

LEONOR

Bien sabe el alma mía

tal dicha comprender:

al tuyo, dueño amado,

iguala mi placer.

LEONOR

Al grato olor que exhala

aquel robusto pez,

hambriento se revela

mi estómago cruel.

JUAN

Yo brindo porque el diablo

se lleve a mi rival.

SIMPLICIO

Permita Dios que el vino

se vuelva refalgar.

LEONOR

A necio semejante

debemos olvidar.

JUAN

Por compasión, bien mío,

deja que bese

tu mano linda y blanca

como la nieve.

SIMPLICIO

Si la niña permite

que se la bese,

me tiro encima de ellos

aunque me estrelle.

LEONOR

Esta mano, bien mío,

te pertenece;

haz pues de lo que es tuyo

lo que quisieres.

SIMPLICIO

No quiero que mis ojos

presencien mi baldón.

 (Tápase los ojos con las manos.)

Mas saco por el ruido

que ya se la besó.

¡¡¡Horror, horror, horror!!!

 (Deja caer la sombrera.)

JUAN

¿Qué es esto?

LEONOR

¡Don Simplicio!

SIMPLICIO

Morí sin remisión.

JUAN

Bajad, y con las armas

la manos de Leonor

aquí disputaremos.

SIMPLICIO

Sabéis que yo no soy

amigo de disputas.

JUAN

¡Cobarde!

SIMPLICIO

¡Vive Dios!

JUAN

Mi espada de esa injuria

dará satisfacción.

SIMPLICIO

¡Si estoy muy satisfecho!

JUAN

Bajad, porque si no...

  (Le apunta con una pistola.)

SIMPLICIO

Ya voy.

JUAN

Espada en mano...

y pronto.

SIMPLICIO

Bien. ¡Traición!

 (Al ver que la espada es muy larga.)

Si yo tal espada

pudiera esgrimir,

saciara al instante

mis iras en ti.

LEONOR

 (A DON JUAN.)

Modera tu enojo,

imítame a mí,

que deben sus iras

hacernos reír.

JUAN

Pues ya que no puedes

tal arma esgrimir,

disipa mi furia

huyendo de aquí.

Que huyas, imbécil,

repito otra vez.

SIMPLICIO

Acción de cobardes;

jamás huiré.

Prefiero en tal caso

echar a correr.

Escena VII

DON JUAN y DOÑA LEONOR.

LEONOR.-   (Riendo.) ¡Ah, ah, ah! ¡Vaya un chasco! Pero a todo eso, y si ese tonto va a dar nueva alarma y vuelve en breve con mi tutor y la justicia, ¿qué haremos?

JUAN.-   No tengas cuidado, amiga mía; no nos han de faltar recursos para substraernos a cuanto pudieran emprender.

LEONOR.-   Ya, tú te lo sabes. Pero yo, que ignoro por qué secreta influencia nos libertamos de los lazos que nos van tendiendo, no las tengo todas conmigo. Así es, amigo mío, que juzgo prudente el reunirnos pronto a don Gonzalo y pedirle nos oculte en sitio más seguro.

JUAN.-   Sea como tú quieras. Mas suceda lo que suceda, verás que todo lo vence amor. (Entran en la casa.)

Escena VIII

DON SIMPLICIO, DON LOPE, LAZARILLO y luego DON JUAN y DOÑA LEONOR.

SIMPLICIO.-   ¡Cuánto me alegro haber encontrado a ustedes tan cerca!

LOPE.-   Si veníamos...

SIMPLICIO.- Chitón, hable usted más bajo.

LOPE.- Si veníamos por usted. Hemos recorrido con la justicia el parque y la huerta; nada hemos encontrado, y persuadido por consiguiente el señor de que era falsa la noticia que nos dio usted... de haberse refugiado aquí Leonor y su seductor, está renegando de usted... Luego le oirá usted a él mismo. Él nos viene siguiendo; se ha detenido un rato a combinar con sus ministros la nota de las costas que usted, por supuesto, tendrá que satisfacer, señor mío, por que, en fin...

SIMPLICIO.- Chitón; con que era falsa la noticia, ¿eh?

LOPE.- A la vista está.

SIMPLICIO.- Chitón.

LOPE.- Pero, ¿qué significa...?

SIMPLICIO.- Chitón.

LOPE.- Explíquese usted.

SIMPLICIO.- Chitón por Dios, no me interrumpa usted.

LOPE.- Hombre, si no dice usted nada.

SIMPLICIO.- No importa. Chitón por los innumerables mártires de Zaragoza, que no me interrumpa usted. Aquí están.

LOPE.- ¿Quién?

SIMPLICIO.- Leonor y don Juan; los he visto.

LOPE.- ¿Eh? Déjeme usted en paz con sus visiones.

SIMPLICIO.- Con que visiones, ¿eh? ¿Sabe usted que hay para volver a un loco? ¿Soy yo ciego acaso? ¡Qué demonio! Veo a Lazarillo, le veo a usted, le veo tal como es, sin ilusión alguna... Es usted viejo, es usted gordo, es usted feo.

LOPE.- ¡Insolente!

SIMPLICIO.- No, si es para probar a usted que no soy ciego, y que cuando digo que los he visto, es que los he visto; diré más, les he hablado; diré mucho más, he presenciado su almuerzo. Por más señas que aún están ahí las reliquias del tal almuerzo, y que con ellas voy a restaurar mis abatidas fuerzas mientras llega el señor escribano con su nota de costas. Vamos, vamos.

LOPE.- ¿Cómo es posible que en tan crítica situación piense usted en comer?

SIMPLICIO.- No soy yo quien pienso en ello; es mi despótico estómago, que no me deja vivir.

LOPE.- Quite usted allá... No sé cómo tiene usted vergüenza para...

SIMPLICIO.- ¿Para comer? ¿No es lícito, acaso, tener hambre en su compañía de usted? Pues señor, tenga usted paciencia, que yo necesito comer para cobrar ánimo. Además, vamos claros, yo pertenezco a una familia que de generación en generación ha acostumbrado siempre a comer, y yo no quiero desmerecer de mis abuelos. Vamos, vamos, papá-suegro, no sea usted tonto, siéntese usted.

LOPE.- No, no, que la rabia me quita el apetito.

SIMPLICIO.- Pues a mí a la inversa. Con que, con el permiso de usted... (Se sienta a la mesa.) Lo que corre más prisa es beber un trago: la sed me abrasa. (Echa una botella de vino entera, sin que quede una gota en el vaso.) ¿Cómo? ¿Qué? Pues, ¿qué tiene este maldito vaso? ¿No bebió con él con toda comodidad mi ominoso rival? El infierno se conjura hoy en mi daño.

LOPE.- Bien hecho; me alegro.

SIMPLICIO.- ¡Toma! El vino no me hace falta para nada. Voy a la fuente inmediata; me llevo este resto de pan y... (Quiere tomar lo que resta en la mesa del pan que sirvieron a DON JUAN y DOÑA LEONOR, y el pedazo que queda va volando de un lado a otro, corriendo en balde tras él DON SIMPLICIO para alcanzarlo. Quedan pasmados DON LOPE, LAZARILLO y DON SIMPLICIO. DON JUAN y DOÑA LEONOR, que están asomados al balcón desde que DON SIMPLICIO se sentó a la mesa, ríen a carcajadas de este último chasco, hasta que llaman la atención de DON LOPE.)

LOPE.- ¡Gran Dios! ¡Será posible! Ellos son.

SIMPLICIO.- (Con ironía.) No, señor: si es una visión.

LOPE.- (Aparte.) Me ahoga la cólera.

JUAN.- Cálmese usted, señor don Lope.

LOPE.- Calle usted, infame raptor, y usted, rebelde pupila.

LEONOR.- ¿Yo rebelde? ¡Ay! Tutorcito de mi alma, estoy pronta a dar a usted todas las pruebas de la más respetuosa sumisión: mándeme usted que me case con don Juan, y verá usted con qué docilidad obedezco.

SIMPLICIO.- No, señor; yo soy quien...

LOPE.- Baje usted, yo se lo mando.

LEONOR.- El amor me lo prohíbe.

Escena IX

Dichos, ESCRIBANO y Alguaciles.

ESCRIBANO.- Aquí traigo la nota de costas.

LOPE.- ¿Qué nota ni qué niño muerto? Ved ahí los fugativos.

ESCRIBANO.- ¿Qué oigo? Pronto, pronto, bajen ustedes o abraso esa puerta.

JUAN.- No podemos acceder a ninguna de esas dos proposiciones.

ESCRIBANO.- ¿Cómo? ¡Qué audacia!

SIMPLICIO.- (Aparte. Ya no estoy solo; manifestemos valor.) ¿Qué, tardamos en apoderarnos de ese fanfarrón? ¿No quiere abrir la puerta? Pues, amigos, al asalto. ¡Ánimo! ¡Arriba! Fácil será por estas rejas.

LOPE.- Tiene razón ¡Al asalto!

TODOS.- ¡Al asalto!

(Así que DON LOPE y DON SIMPLICIO se han agarrado a las rejas; éstas suben al cuarto principal, mientras el balcón donde están los dos amantes baja al piso bajo. Éstos y DON GONZALO, que sale en el mismo momento por la puerta, se escapan por en medio de los alguaciles, que quedan en el aire a una vara del suelo.)

JUAN, LEONOR y GONZALO.- Agur, señores, hasta la vista.

Escena X

Decoración de selva corta. A la izquierda, puerta de una casa de labrador.

Salen de la casa un LABRADOR y Aldeanos de ambos sexos.

ALDEANO.- Muchas gracias: hasta la vista... Agradezco mucho, tío mío, el obsequio que nos ha hecho usted.

LABRADOR.- Calla, calla. Pasado mañana, si Dios quiere, de camino para casa de don Gonzalo, nuestro buen señor, pasaré unas cuantas horas en casa de mi hermana y podréis pagarme el obsequio.

ALDEANA.- Ya. Pero no vendrá usted como Juan, acompañado de todos sus amigos y conocidos.

ALDEANO.- Mira, mujer, esa que llamáis imprudencia mía, estoy persuadido a que el tío la disimulará. Yo conozco su franqueza.

LABRADOR.- Tienes razón, tienes razón. Tú y tus amigos encontraréis siempre en mi casa el mismo agasajo.

ALDEANO.-   Y luego, era tan natural... Hemos estado juntos todo el día en la romería bailando, comiendo juntos; y al volver al pueblo, cuando me consta que los compañeros necesitaban tanto como yo de un rato de descanso... ¿Podía decirles idos sin nosotros, que vamos a refrescar a casa del tío? No, señor: pienso general, dije yo, era más natural.

LABRADOR.-   Muy bien hecho, muy bien hecho. Pero, hijos, sin que sea despediros, os aconsejo aprovechéis lo que resta de sol para recogeros. Hasta la vista.

ALDEANO.-   Pero antes, chicos, una jota de despedida en obsequio del tío.

TODOS.- Vamos allá.

(Baile general.)

Escena XI

Dichos, DON GONZALO, DON JUAN y DOÑA LEONOR.

LABRADOR.-   ¿Qué veo? ¡El señor con dos forasteros!

TODOS.- ¡Que viva nuestro buen señor, viva!

GONZALO.-   Gracias, gracias, amigos míos. (Al LABRADOR) Nuño, despide a toda esa gente, que nos precisa estar solos. (Los Aldeanos se van vitoreando a DON GONZALO.)

Escena XII

Dichos, menos los Aldeanos.

GONZALO.-   (A los dos amantes.) Pronto, pronto, entrad a esconderos, ínterin voy yo por los caballos y dentro de un cuarto de hora estamos ya galopando camino de Zaragoza.

LEONOR.- Pero...

GONZALO.- No hay pero. Dejadme obrar; todo saldrá bien.

JUAN.- No tarde usted en volver; porque siendo propia de usted esta granja, es natural que lleguen pronto a registrarla antes de irnos a buscar a otra parte.

GONZALO.- Dentro de diez minutos me tenéis aquí. Con que adentro, adentro.

(Entran los dos amantes. Da DON GONZALO algunas ordenes al oído al LABRADOR y se va.)

Escena XIII

DON LOPE, DON SIMPLICIO, LAZARILLO, ESCRIBANO, Alguaciles y Paisanos armados.

Uno de los Alguaciles, asomado por entre los árboles desde el final de la escena, ha visto entrar a los amantes y llama a su gente.

ALGUACIL.- (Llamando.) Pst, pst.

SIMPLICIO.- (Llegando con LAZARILLO.) ¿Qué hay?

ALGUACIL.- ¿Vienen los compañeros?

SIMPICIO.- Ahí llegan.

ALGUACIL.- ¿Está dispuesto el refuerzo que nos ha de ayudar?

SIMPLICIO.- Vienen más de diez mil paisanos armados. Eh, ya los tenemos aquí.

(Salen ocho o diez Paisanos armados, el ESCRIBANO, los demás Alguaciles y DON LOPE, y se reúnen todos alrededor del ALGUACIL.)

ALGUACIL.- ¿Con que ya no hay que tener miedo?

SIMPLICIO.- ¿Qué miedo, hombre? Aquí estoy yo. ¿Acabarás de explicarte?

ALGUACIL.- Pues, señor, ahí dentro están.

SIMPLICIO.- (Retrocediendo de susto.) ¿Eh?¿Estás seguro?

LOPE.- (Al ALGUACIL con ironía.) ¿Qué miedo, hombre? Aquí está él. Sabe usted, don Simplicio, que luce usted a cada momento su decantada valentía.

SIMPLICIO.- Ya se ve que la luzco en llegando la ocasión: mi vida está llena de anécdotas que la acreditan bastante. Aquí está Lazarillo, que bien lo puede decir.

LOPE.- ¡Qué Lazarillo ni qué Lazarón! A cada momento está usted invocando su testimonio; ¿y qué es lo que pudiera decir tan insigne escudero? Vamos a ver, que lo diga. (Dirigiéndose a LAZARILLO, a quien todos están mirando. Él calla, y manifiesta en su fisionomía mucha sorpresa.) (A DON SIMPLICIO.) ¿Y por qué calla ahora?

SIMPLICIO.- (Tomando aparte a DON LOPE con mucho misterio.) Yo le diré a usted. Hay un pequeño obstáculo para que hable Lazarillo, y es que... Ya se ve, como el pobrecito es sordo-mudo de nacimiento...

LOPE.- ¡Calla! ¿Y es ése el testigo que ha de declarar en abono de cuanto nos está usted contando en alabanza propia? ¿Eh? Ya veo que no se puede hacer caso de usted. (Al ALGUACIL.) Con que tú, ven acá. ¿Estás seguro de que nuestros fugitivos están ahí dentro?

ALGUACIL.- Seguro, segurísimo; como que los he visto entrar; y a fe, a fe, que si no hubiera sido por mí, por el celo con que corrí tras ellos, adelantándome a ustedes...

SIMPLICIO.- (Abrazándole.) Calla, calla. (Dándole la mano.) Yo conozco cuánto debe a tu celo, y basta. Ya me entiendes.

ALGUACIL.- ¡Oh! Señor, yo no lo digo por tanto.

SIMPLICIO.- No, no, no; es que no tratas con ningún desagradecido. Así que estemos de vuelta a la quinta suegral, acuérdame que tengo algo que prometerte.

LOPE.- ¡Eh! Basta ya de coloquios episódicos: ¡a la obra! Hagamos inmediatamente nuestras disposiciones de ataque.

ESCRIBANO.- Tiene usted razón: ataquemos.

SIMPLICIO.- Sí, sí, ataquemos, ataquemos: eso me gusta; sin embargo, ataquemos con cautela, porque ya ven ustedes, la cautela siempre... sobre todo, cuando la prudencia... ¿estamos?... hace que el peligro cuya temeridad, digámoslo así, suele...

ESCRIBANO.- Tiene usted mil razones, y queda usted perfectamente comprendido. Empecemos por un bloqueo en forma de la casa.

SIMPLICIO.- Sí, sí, el bloqueo; tiene razón el secretario. ¡A bloquear!

LOPE.- Bloqueemos.

SIMPLICIO.- Porque, seamos francos, en un bloqueo hay menos riesgos, y luego tarde o temprano se nos han de rendir aunque no fuera más que por hambre. (A los Paisanos.) Con que, ¡batallón! ¡Armas al hombro! Por el flanco derecho, a la izquierda... No, señores, no es eso. Pónganse ustedes saber cómo se han de poner. Y sobre todo, no desviarse en un ápice de las instrucciones militares que acabo de darlas a ustedes. ¿Estamos?

Escena XIV

Dichos y DON GONZALO.

GONZALO.- ¿Qué significan, señores, todos esos preparativos de guerra? ¿Con qué derecho intentáis bloquear una habitación que me pertenece?

LOPE.- ¿Y con qué derecho da usted asilo a una pupila que se substrae a la legítima autoridad de su tutor?

GONZALO.- No le debo a usted satisfacción sobre el particular. Soy dueño de admitir en mi casa a quien me da la gana.

SIMPLICIO.- Según y conforme. Ésta es cuestión de derecho, a la verdad; pero yo no soy zurdo en la materia, y sostengo...

GONZALO.- Yo sostengo que es usted un animal.

SIMPLICIO.- Eso no prueba nada para el caso, señor mío: un insulto no es una razón, y cualquiera que hace intervenir las personalidades en una discusión envilece la más noble facultad del hombre y merece el desprecio público. Lógica, señor mío, lógica.

LOPE.- Aquí no hay más lógica que tomar uno lo suyo donde quiera que lo encuentre. (A los Paisanos.) Con que, amigos, a ello.

(Todos se dirigen blandiendo sus armas hacia la casa.)

ESCRIBANO.- Deteneos, señores, deteneos... Cedant arma togae, lo que quiere decir en castellano, al escribano toca dirigir estos fregados. Procedamos, pues, con formalidad. Señor don Gonzalo, ¿quiere usted entregarnos espontáneamente a doña Leonor, que está retirada en esa su casa de usted, y a quien reclama su tutor don Lope, aquí presente, y a quien doy fe conozco? Sí o no. Sentiré que usted nos ponga en el caso de usar de un rigor...

GONZALO.- Yo no puedo hacer traición a la amistad que confió en mí, y me parece que entregar a Leonor...

Escena XV

Dichos y DON JUAN, que sale furioso con espada en mano trayendo a DOÑA LEONOR.

JUAN.- ¿Entregar a Leonor? ¡Morir primero!

SIMPLICIO.- ¡Rebelión, rebelión! ¡Amigos, a él, a él! Yo por si acaso voy a cortarles la retirada asegurándome de la puerta.

(Se traba un combate entre DON JUAN y DON GONZALO por una parte y los Paisanos por la otra. Aquéllos ceden al fin. Los Alguaciles se apoderan de DOÑA LEONOR, a quien se llevan. DON SIMPLICIO, al querer refugiarse detrás de la puerta, da mil vueltas con ella, logra desasirse, corre mareado y atontado tras de DOÑA LEONOR, a quien siguen el ESCRIBANO, DON LOPE y LAZARILLO. Los Paisanos se llevan a DON JUAN en otra dirección. DON GONZALO entra en su casa. Muda la decoración.)

Escena XVI

Campo. DON JUAN; después, CUPIDO.

CANTO

JUAN

Leonor, Leonor; la llama el pensamiento

y, al pronunciar su nombre,

mi voz se pierde en la región del viento.

Ya mi fortuna mísera

vuelve a alejarme de ella;

lucha constante el ánimo

con mi enemiga estrella.

En vano hallar un término

espero a tal dolor

que en negra sombra ocultase

el astro de mi amor.

JUAN.- ¿Qué fuerza sobrehumana, qué genio invisible me arranca de entre la manos de esa maldecida canalla? ¡Ah! ¿Qué veo? ¿Eres tú, delicioso Cupido, mi protector, mi ángel tutelar?

CUPIDO.- Detente: no te postres a mis pies, que harto probada me tienes ya tu sumisión a mis decretos. Yo soy el que acabo de

60/100

substraerte benéfico de las garras de tus enemigos. ¿Y cómo pudiera abandonar Cupido al mortal que más honra sus altares?

JUAN.- No extraño que me hayas hecho invisible a mis perseguidores. Dime, te ruego, dime: ¿qué es de mi amada Leonor? Si por ventura respira libre, ¿cómo no ha volado ya a mis amantes brazos? Si otra vez gime cautiva, ¿qué tardas en romper sus cadenas?

CUPIDO.- Ya he quebrantado las tuyas. ¿Qué más quieres?

JUAN.- ¿Qué más quiero, me preguntas? ¿Puedo vivir yo acaso un momento sin la reina de mi corazón?

CUPIDO.- Donoso estás por vida mía.

JUAN.- ¿Te burlas de mi dolor? ¡Oh, Fementido! ¡Oh, cruel rapaz! Desventurado mil veces aquel...

CUPIDO.- ¡Temerario! ¿Qué te atreves a proferir? Por las barbas de Júpiter Capitolino...

JUAN.- Perdona, perdona, hermoso niño. El dolor me enajena. Pero, ¿no es tiempo de que yo vea el suspirado término de tantos afanes?

CUPIDO.- No.

JUAN.- ¡Acerba palabra! ¡Y con qué ceño la pronuncias! Destiérralo, tierno Cupidito; destiérralo de ese agraciado semblante, que te pones tan feo y no te querrán las muchachas.

CUPIDO.- ¡Zalamero! ¡Cómo sabes desarmar mi cólera! ¡Cómo sabes que el amor se alienta de lisonjas! Yo debería abandonarte al adverso destino que te perseguía antes de haberte acogido bajo mi protección; yo debería conceder la victoria a tu estrafalario rival y...

JUAN.- ¡Unir a tan linda criatura con una especie de acémila, con un mamarracho tan estólido! No, no creo que así mancilles tu nombre. No es el amor el numen que preside a semejantes consorcios.

CUPIDO.- Vaya, no te aflijas, no te desesperes, Juanillo. Leonor te será siempre fiel.

JUAN.- ¡Oh, ventura!

CUPIDO.- Sí, y aun después del matrimonio. ¡Asómbrate! El idiota del novio no se aplaudirá de su triunfo. ¡Buena noche le espera! A propósito, ya no tardará en derramar la susodicha noche sus tinieblas misteriosas, tan gratas al amor. Adiós; veo venir a tu amigo don Gonzalo; te dejo por pocas horas. Un negocio muy difícil me ocupa en este momento.

JUAN.- ¿Difícil negocio? ¿Cuál puede serlo para ti?

CUPIDO.- ¡Friolera! Me he propuesto hacer que sienta el fuego del amor...

JUAN.- ¿Quién?

CUPIDO.- Un usurero.

Escena XVII

DON JUAN y DON GONZALO.

GONZALO.- ¡Amigo don Juan!

JUAN.- Primo mío, que ya así debo llamar al primo de mi Leonor.

GONZALO.- ¿Cómo le veo a usted aquí tan sereno, cuando le suponía en poder de esa gente non sancta?

JUAN.- Logré fugarme.

GONZALO.- A mí me han dado libertad los corchetes por respeto a mi nombre; pero Leonor ha sido nuevamente entregada al brazo seglar de su empalagoso tutor.

JUAN.- Calle usted. Si no me engaña la vista, por allí viene soliloquiando el mismo tutor en cuerpo y alma. Retirémonos a este lado.

Escena XVIII

Dichos y DON LOPE.

LOPE.- (Aparte. Sí, ya es mucho tardar para un escribano, que esta gente es lo más puntual del mundo. Le buscaré, celebraremos el contrato, y si no lo firma de bien a bien mi rebelosa pupila, el terror...) Señores, ¿han visto ustedes pasar por aquí al escribano don Sisebuto Corneja de...?

JUAN.- Viejo polilla, ¿aún te atreves...?

LOPE.- (Aparte. ¡Ay, Dios de Israel!) No, señor, yo no me atrevo a nada.

JUAN.- ¡Armatoste! ¿Para qué buscas al escribano? ¿Para prenderme?

LOPE.- ¡Calle usted! ¿Yo prender al señor don Juan? ¿A un caballero tan amable, tan distinguido, tan galán...? ¿Yo? ¡Qué disparate! ¡Válgame Dios! Nada de eso, señor don Juan. No se acalore usted. Don Simplicio es el que...

(Va anocheciendo.)

JUAN.- Don Simplicio y usted y usted y don Simplico son para mí entes ridículos y despreciables.

LOPE.- No digo yo lo contrario, señor mío.

JUAN.- Oiga usted... Cuidado con maltratar a mi prenda de palabra y mucho menos de obra. Cuente con ella, que si me apura el sufrimiento...

LOPE.- ¡Oh! Líbreme Dios.

JUAN.- ... le convierto en atún.

GONZALO.- No será gran prodigio.

LOPE.- Gracias... Con que beso a ustedes las manos... Servidor... Ustedes manden... (Aparte.) ¡Ah! Manos besa el hombre que quisiera ver cortadas.

Escena XIX

Decoración de la escena XIII del primer acto. Hay en el tocador dos velas encendidas.

DON LOPE, DON SIMPLICIO, LAZARILLO y DOÑA LEONOR.

SIMPLICIO.- ¡Uf! Ya era tiempo de llegar: a ver si descansamos. En fin, no ha costado poco conquistar a esa ingratilla. (Deja en un sillón su gorro, su capa y su espada.)

LEONOR.- ¿Vive aún don Juan?

SIMPLICIO.- Ya se ve que vive, pero yo también vivo.

LEONOR.- Pues viviendo aún don Juan, nada habéis adelantado con tenerme en vuestro poder. El triunfo durará poco.

SIMPLICIO.- Sí, sí; cuente usted con él. Ya estará muy distante de aquí, y ya estamos a cubierto de sus hechizos. Los de usted, lucero, son ya los únicos que conservan su imperio.

LOPE.- Están tomadas todas las precauciones, y si se acerca a quinientos pasos de esta quinta...

LEONOR.- Muy en breve lo espero; muy en breve estará a mi lado.

SIMPLICIO.- ¡Ca! Por que tiene pacto con el demonio, ¿eh? Pero como mañana ya será usted mi esposa, ya estaré asegurado de...

LEONOR.- Al contrario, amiguito, nunca tuvo usted más por que temer.

LOPE.- Pocas palabras, ¿estamos? Yo no tengo ganas de conversación a estas horas. Retírese usted a la pieza inmediata, que ha de ser su única habitación hasta la hora de dar la mano a...

SIMPLICIO.- Sí, señora; retírese usted.

LEONOR.- (Sonriéndose.) Eso es decir que voy presa, ¿no es verdad?

SIMPLICIO.- No, señora: ¡qué disparate! ¿Cómo nos cree usted capaces...? ¡Ponerla a usted presa! Ni por pienso. Lo único que queremos es detenerla a usted en un sitio de donde no pueda salir.

LEONOR.- Mil gracias por la moderación. Pues, señor, allá voy a encerrarme para pensar exclusivamente en el dulce dueño a quien nunca dejaré de amar.

SIMPLICIO.- El tiempo lo dirá. Así que usted llegue a conocerme...

LEONOR.- Persuádase usted, don Simplicio, y persuádase también mi querido tutor, que la constancia triunfa de los mayores obstáculos, y que todo lo vence amor. (Vase.)

Escena XX

Dichos, menos DOÑA LEONOR.

LOPE.- Ta, ta, ta: eso es hablar por hablar.

SIMPLICIO.- Lo cierto es que tenemos el pájaro en jaula. Con que ya podemos irnos a acostar.

LOPE.- ¿Acostarse? ¿Está usted en su juicio?

SIMPLICIO.- Ya se ve que estoy. ¡Toma! ¿Qué tiene de particular el que desee descansar después de haber corrido tanto hoy a pie, a caballo, a rejas, a molino...? Vaya, vaya; yo estoy tronzado. ¡Aunque tuviera uno el cuerpo de hierro!

LOPE.- ¿Y quién hará centinela en la puerta del cuarto de Leonor?

SIMPLICIO.- Tiene usted razón. Aquí está Lazarillo, que me hará el favor.

LOPE.- Y si sucede algo, ¿cómo nos llama el señor sordo-mudo?

SIMPLICIO.-   Es verdad; yo no caía en la cuenta del sordo-mudismo. ¡Si estoy siempre tan distraído...! ¿No es verdad, Lazarillo? Usted mismo, papá-suegro, ¿no podría quedarse? ¿O cualquier criado de casa?

LOPE.-   Calle usted, hombre. A usted, como más directamente interesado, a usted es a quien incumbe guardar a su futura esposa. Y luego, que una mala noche pronto se pasa.

SIMPLICIO.- ¡Toma! Como a usted no le ha de doler...

LOPE.- Vamos, vamos; mañana al amanecer mando por el notario y se concluye sobre la marcha la boda deseada.

SIMPLICIO.- Sí, estaré yo para el caso después de una noche como la que me espera.

LOPE.- Vaya, vaya, buena noche, yernecito mío. Ven, Lazarillo.

SIMPLICIO.- Papá, papá; ¿y me deja usted solo?

LOPE.- ¡Otra vez el miedo!

SIMPLICIO.-   ¿Miedo? ¡Qué disparate! No es sino que a mí me gusta la sociedad.

LOPE.- Hasta mañana si Dios quiere.

(Vanse DON LOPE y LAZARILLO.)

SIMPLICIO.- Dicho y hecho: me abandonan. Papá, mándeme usted siquiera con que cenar, aunque no fuera más que un par de pavos.

Escena XXI

DON SIMPLICIO.

SIMPLICIO.- Eh, héteme aquí cara a cara conmigo mismo. ¡Jesús, Jesús mil veces! ¡Cuántos trabajos tiene uno que pasar para casarse con una muchacha que no le quiere! Siempre corriendo, siempre volando, siempre ayunando.Pero, ¿qué se ha de hacer? ¡Pecho al agua! La negra honrilla me obliga a no desistir de mi empresa... ¿La negra honrilla? Poco a poco. Meditemos. Por salvar la honrilla puedo perder la honra, que es como huir del perejil y salirle a uno en la frente. ¡En la frente! ¡Ésta es la parte flaca de los Majaderanos y Cabeza de Buey! Confesemos que este apellido, aunque ilustrísimo, no es de muy buen agüero que digamos. La chica es traviesa y muy capaz de hacer real y efectivo este blasón de mi linaje. Pues, señor: suceda lo que sucediere, procuremos dormir; porque durmiendo se olvida uno de las fatigas y hasta cierto punto del hambre. Poco a poco: la prudencia, madre de la seguridad, exige que registre uno escrupulosamente el cuarto donde ha de dormir. Vaya, está visto; me hallo solo, absolutamente solo: no se puede estar más solo; puesto que por nada debo contar la compañía de los retratos de la posteridad de don Lope. ¡Y qué ascendientes tan feos tiene su merced! Este, sobre todo, que con aire tan matón empuña la espada es femenino. (Dale un bofetón el retrato.) ¡Cuerno! Pues, ¡no me ha dado mal cachete! ¿Qué aguardo que no hago trizas este irreverente lienzo? (Saca la espada; el retrato saca también la suya, desarma a DON SIMPLICIO y le da una tremenda cuchillada.) Ay, ay... Pues si esto hace pintado, ¿qué no haría de carne y hueso? Me doy por vencido. No me puedo tener de pie. Con qué ganas me va a pillar el sueño.

MÚSICA

SIMPLICIO

 (Bostezando.)

¡Oaaaá!

RETRATO

 (Idem.)

¡Oaaaá!

SIMPLICIO

¡Caracoles! ¿Quién bosteza

junto a mí?

Fue ilusión; a nadie veo

por aquí.

Se cierran mis ojos

a mi pesar;

el plácido sueño

me rinde ya.

  (Bosteza.)

¡Oaaaá!

RETRATO

  (Idem.)

¡Oaaaá!

SIMPLICIO

¡Ay! ¡Cristo bendito!

No ha sido ilusión;

alguno bosteza

lo mismo que yo.

Mas, ¿quién, si estoy solo?

Inútil temor;

el eco sin duda

repite mi voz.

Probemos ahora.

¡Oh!

RETRATO

¡Oh! ¡Oh! ¡Oh! ¡Oh!

SIMPLICIO

Es el eco, ya no hay duda.

Vuelve al pecho su valor

y en la cama me coloco.

RETRATO

Loco, loco, loco, loco.

SIMPLICIO

¡Otra vez! Por Belcebú.

RETRATO

Bu, bu, bu, bu.

SIMPLICIO

Echándola de chistoso.

RETRATO

Oso.

SIMPLICIO

Está el eco inoportuno.

RETRATO

Tuno.

SIMPLICIO

Si piensa alcanzar trofeo,...

RETRATO

Feo.

SIMPLICIO

... le advierto que yo me aburro.

RETRATO

Burro.

SIMPLICIO.-   (Hablado.) ¡Ay! No sé lo qué daría por dormirme; porque si durmiera, probablemente sería con los ojos cerrados y no vería todas estas brujerías que me dislocan. Pero, ¡calla! Para no verlas, no hay más que apagar las luces. Apaguemos las velas. En breve las antorchas de himeneo volverán la luz apetecida. (Juego de luces.) ¿Si estará también el demonio en estas velas? ¿Otra vez? ¡Ah, ah, y está apagado el demonio! ¡Dale! ¡Vaya un tema! Está visto que el diablo lo ha tomado por su cuenta. Pues, señor, ya que se ha empeñado en que yo me vea dormir, hágase su diabólica voluntad y procuremos dar descanso, si no al ánimo, al menos al molido cuerpo. Novio novillo... casamiento por fuerza... Cabeza de Buey... Caracoles... mansedumbre... Capricornio...

(Quédase dormido. En la pared del fondo aparecen algunas figuras espantosas de las cuales DON SIMPLICIO se asusta. Luego el retrato de LEONOR, que se transforma en una visión horrible. Después el retrato de DON SIMPLICIO, que tan pronto tiene Cabeza de Buey como la suya propia. Últimamente aparece DON SIMPLICIO en el globo que poco a poco desaparece. Muda la decoración. La luna y multitud de planetas y cometas aparecen alumbrados por una luz azulada, y se ve a DON SIMPLICIO colgado del globo.)

Acto III

El teatro representa un punto de vista de las cumbres de los Pirineos cubiertas de nieves.

Escena I

DON LOPE, LAZARILLO y varios Criados y Paisanos, mirando todos al cielo como para descubrir el globo que se llevó a DON SIMPLICIO. DON LOPE tiene un inmenso telescopio.

(Música.)

LOPE

Nada en los aires

se alcanza a ver;

ya Don Simplicio

no ha de volver.

¡Pobre! ¡Qué lástima!

Cuando voló,

sin duda en pájaro

se convirtió.

Miremos por allá,

miremos por allí;

ya no vendrá,

puede que sí.

Miremos aquel bulto.

¡Ay! ¡Pobrecito!

Él es... No, que es un cuervo.

¡Animalito!

¡Pobre, qué lástima!

Cuando voló,

sin duda en pájaro

se convirtió.

(Hablado.)

LOPE.-   ¿Nada divisáis vosotros?

PAISANO.-   ¡Toma! ¿Y quién ha de ver primero, teniendo sus ojos de usted el auxilio de ese armatoste?

LOPE.-   Pues, señor, no parece el dichoso globo. Sin embargo, a ver... ¿Qué es eso? No... nada... ¡Pobre Simplicio! ¡Qué viaje ese que está haciendo!

CRIADO.-   Ya se ve: ¡pobre señor! Verse volar por esos aires ni más ni menos que una milocha, como quien dice. ¡Ay! Señor, señor; ahí arribota se descubre algo negro. ¿Si será don Simplicio?

LOPE.-   ¿Dónde, dónde?

PAISANO.-   Sí, sí; hacia la izquierda. No hay duda: él es, él es.

LOPE.-   Callen ustedes, animales. ¡Si es un cuervo!

CRIADO.-   ¿Un cuervo? ¡Animalillo!

TODOS.-   Aquí está, aquí está.

LOPE.-   Sí, sí; él es, él es. ¡Pobrecito!

(DON SIMPLICIO, roto el globo que le sostenía, cae en medio de la nieve, dando gritos tremendos.)

LOPE.-   Pronto, corriendo, ¡a socorrerle!

TODOS.-   ¡A socorrerle!

(Sacan a DON SIMPLICIO de la nieve y le traen hacia el proscenio.)

SIMPLICIO.- ¡Ay, ay, ay! ¡Mis costillas! ¡Mis riñones!

LOPE.- ¡Amigo mío!

TODOS.- ¡Pobre señor!

LOPE.- No se ha matado usted, ¿no es verdad?

SIMPLICIO.- No, señor; me parece que no.

LOPE.- ¿Y se ha roto usted algo?

SIMPLICIO.- Y eso, ¿cómo lo he de saber antes de un debido registro de todas las partes de mi individuo? (Va meneando alternativamente, con muchos quejidos, cada brazo, cada pierna, y luego la cabeza.) No, no; nada está roto, excepto el espinazo, sin embargo. ¡Ay, ay!

SIMPLICIO.- ¡Paracaídas! Para caídas nada mejor que un globo roto; y si no, dígalo mí batacazo. Con todo, bien mirado no tengo por qué sentir lo que me ha sucedido, porque he hecho un viaje que me ha proporcionado el conocimiento de tantas cosas admirables.

LOPE.- Sí, ¿eh?

CRIADO.- Calla, ¿qué ha visto usted?

SIMPLICIO.- ¿Qué he visto? He visto...

PAISANO.- Chitón... ¡Atención!

(Todos se colocan alrededor de DON SIMPLICIO, a quien han sentado en una silla de campaña.)

SIMPLICIO.- Pues, señor, he visto... Pero hombre, si me faltan las fuerzas.

LOPE.- A ver, Lisardo, dadle unas gotas de lo del frasquito.

(El Criado da de beber en un frasco a DON SIMPLICIO.)

SIMPLICIO.- ¡Uf! Eso es otra cosa; ya empiezo a respirar. Con que, como decía, he visto...

LOPE.-   (Acercándose más.) A ver, a ver...

SIMPLICIO.-   ¿En qué quedamos? ¿Tengo la palabra o la toma usted?

LOPE.-   Nada, hombre; no se enfade usted: aquella natural impaciencia...

SIMPLICIO.- Pues calle usted, si quiere que prosiga.

LOPE.- Vamos; callaré, callaré.

SIMPLICIO.-   Dale... ¡Silencio una vez! Pues, señor, han de saber ustedes que he visto... Pero luego podrán ustedes enterarse mejor por medio de un libro que me propongo publicar con la ayuda de Dios y del dómine, a no ser que algún impresor de Valencia lo dé a luz aun antes de acabarlo yo y sin contar conmigo, por supuesto, a usanza de esos señores. Con que a la relación impresa me remito.

LOPE.- Hombre, ¡después de habernos hecho entrar en ganas, salir ahora con esa pata de gallo! Vamos, vamos; así por encima, como quien dice, en forma de... Está usted, verbi gratia, como ciertos análisis que nos trae de cuando en cuando el Correo.

SIMPLICIO.- Pues quedarían ustedes enterados.

LOPE.-   Pues bien: cuéntelo usted como quiera, siempre que satisfaga algún tanto aquella natural curiosidad que usted mismo suscitó.

SIMPLICIO.- No apurarse; vamos, lo contaré por encima. He visto en primer lugar, he visto a mis pies la tierra que iba disminuyéndose, disminuyéndose hasta reducirse al parecer al grueso de una avellana. Luego he visto... he visto... que ya no veía nada. Y tan pronto tenía un frío que me helaba como un calor que me abrasaba.

LOPE.- Vamos, como en Madrid.

SIMPLICIO.- Y así de frío en calor, y de calor en frío, llegué subiendo, subiendo, subiendo, llegué... a la luna.

TODOS.- ¡A la luna! ¡Ha visto la luna!

SIMPLICIO.- Ya se ve que la he visto, y de muy cerca; como que he estado hablando más de dos horas con una multitud de lunáticos que estaban allí reunidos en la plaza para ver si llegaba a apearme.

LOPE.- ¿Y lo consiguió usted?

SIMPLICIO.- ¡Ca! Si estaba haciendo más evoluciones con las patas y con los brazos... Imposible; el maldito globo se mantuvo siempre a más de diez varas del suelo.

LOPE.- Qué sorprendido se quedarían los lunáticos al verle a usted, ¿no es verdad?

SIMPLICIO.- No lo quedé yo menos de cuanto me estuvieron contando de su tierra. Figúrense ustedes que allí todo está al revés de acá: verbi gratia, los amantes son constantes, los esposos son fieles, no engañan los mercaderes, los oficiales hablan a todos con buen modo, no votan los soldados, los oficinistas hablan a todos con buen modo, los cómicos tienen una especie de solfeo donde están escritas todas las inflexiones de su voz, los cantantes buscan las suyas en su propio entendimiento y en el estudio del corazón humano.

LOPE.- Hombre, ¡al revés me las calcé!

SIMPLICIO.- La moda allí está sin imperio: ni aun la medicina llega a sujetar. En el comer, en el vestir y hasta en las diversiones públicas prefieren los lunáticos las cosas nacionales a las extranjeras.

LOPE.- (Con mucha admiración.) ¿Qué dice usted?

SIMPLICIO.- Lo que usted oye. Allí la literatura está en honor. Todos los hombres de talento son ricos, y todos los ricos son hombres de talento. Los periodistas hablan con imparcialidad de las cosas que pueden juzgar o callan acerca de las que ignoran. La polémica es urbana. Todo al revés, amigo mío, todo al revés; en fin, allí no son necios los que escriben comedias de magia. ¿Qué más quiere usted?

LOPE.- ¿Sabe usted que una relación de tantos prodigios no dejará de interesar? Lo malo es que no querrán creerlo a usted.

SIMPLICIO.- Les diré que lo vayan a averiguar.

PAISANO.- ¡Vaya un viaje! ¿Cómo salió usted de la luna y pudo volver por acá?

SIMPLICIO.- Con la facilidad del mundo, hombre. Una mudanza de aire... Pff... Dejé la luna sobre la izquierda y en un credo me encontré jugando a la gallina ciega con un enjambre de planetas, de estrellas, de cometas... ¡Ay, los cometas, qué colas, qué colas tenían los cometas! En fin, del paso que llevaba iba infaliblemente a almorzar al sol, a no ser por un pajarillo chiquirritín, como... como una casa, el cual, dando con el pico en mi gorro, le deshinchó y me hizo bajar con una rapidez superior a la de la subida. Como que estaría aún bajando, a no haber encontrado de por medio esas benditas rocas que me detuvieron.

LOPE.- Y diga usted, ¿no ha encontrado usted de camino a don Juan y a Leonor?

SIMPLICIO.- ¿Cómo se habían de atrever a seguir la dirección que yo llevaba?

LOPE.- He mandado un sin número de gentes en persecución suya, y pronto sin duda recibiremos noticias. Lo que interesa por ahora es cuidar de usted. ¿Usted por supuesto necesitará descanso?

SIMPLICIO.- ¡Digo! Después de haber viajado tanto, y de tantos modos... Ya, ya...

LOPE.- Vamos, amigos. El pobrecito apenas puede moverse. A ver si le llevamos a casa en las mismas parihuelas que dispusisteis para traerme a estas cumbres escarpadas; en la inteligencia que yo pagaré muy bien vuestras fatigas.

PAISANO.- Calle usted, señor amo, que no lo haremos por el mezquino interés. Nos gusta naturalmente hacer un favor, sobre todo cuando hay algo que ganar.

SIMPLICIO.- Excelente idea la del papá-suegro. A ver las parihuelas. (Se sienta en ellas.) Está uno aquí como un... (A DON LOPE.) Pero yo no he de sufrir que vaya usted a pie. Venga usted; que venga también mi inseparable Lazarillo.

LOPE.- No, señor. Nosotros estamos sanos y robustos, gracias a Dios, y la bajada nos servirá de paseo. Con que adelante.

SIMPLICIO.- Pues, señor, ¡adelante!

(Cuando van los Paisanos a levantar las parihuelas desaparece DON SIMPLICIO, hundiéndose en la tierra. Gritos generales...)

LOPE.- ¿Qué es eso? ¿Dónde está? ¿Qué ha sido de él? Ay, pobre Leonor, bien lo veo, ¡el infierno está conjurando contra la felicidad que te aseguraba tal marido! ¿Qué hemos de hacer ahora? Pudimos trepar por estas cumbres para seguirle en lo posible mientras le veíamos volar por ahí arriba... Pero si se desvanece como un Silfio, sin dejar huella alguna, ¿dónde le hemos de buscar? ¿Cómo ha de ser? No nos queda más que irnos a casa a esperar con resignación el desenlace de tanto embrollo.

(Todos se van, llevándose el frasco, la silla de campaña, las parihuelas, el telescopio, etc.)

Escena II

El teatro representa las fraguas de VULCANO; los Cíclopes están ocupados en sus trabajos. Los preside VULCANO. Todo anuncia la región del fuego, del ruido: en una palabra, las entrañas del Etna.

(Música.)

CÍCLOPE

 Poderoso dios del fuego,

aquel dichoso mortal,

a quien benigno quisiste

tu mágico apoyo dar,

está en la cueva inmediata.

¿Qué haremos?

VULCANO

Que venga acá.

(Sale DON SIMPLICIO.)

Acércate y deja

temores a un lado;

serás respetado

en esta mansión.

SIMPLICIO

A tales favores

rendido me muestro.

Mil gracias, maestro.

VULCANO

(Furioso.)

¿Eh?

CÍCLOPE

¿Cómo maestro?

SIMPLICIO

Señores, perdón.

(Algunos Cíclopes levantan en peso a DON SIMPLICIO, otros le amenazan con el martillo.)

No sabía

a quién hablaba

y, por tanto,

no hay razón

para darme

de improviso

ese susto

tan atroz.

VULCANO

Soy, pues no lo sabes,

dios de gran poder

en la mitología.

SIMPLICIO

En la mito... ¿qué?

CÍCLOPE

(Amenazándole.)

Logía, majadero.

SIMPLICIO

Bien, señores, bien.

No hay que amotazarse.

Bueno es aprender.

VULCANO

Insigne Simplicio,

escúchame atento.

Por ciego instrumento

de horrible venganza

a ti te elegí.

SIMPLICIO

¿A mí?

VULCANO

A ti.

SIMPLICIO

Ay, ¡pobre de mí!

VULCANO

(A los Cíclopes.)

La venganza que ha tiempo anhelamos

hoy cumplida veremos por fin.

De Cupido las pérfidas artes

en el polvo debemos hundir.

CÍCLOPE

De terror estremézcase el mundo

desde el uno hasta el otro confín.

De Cupido la loca soberbia

en el polvo debemos hundir.

SIMPLICIO

Ay, Simplicio, Simplicio, Simplicio:

ya se acerca tu trágico fin,

que a este enjambre de diablos feroces

de merienda les voy a servir.

(Aquí los Cíclopes toman actitudes amenazadoras para que DON SIMPLICIO se asuste.)

(Hablado.)

VULCANO.- Acércate y no tiembles.

SIMPLICIO.- Acércome gustoso. En cuanto a lo de no temblar, no está en mi mano obedeceros.

VULCANO.- No tiembles, repito; nada tienes que temblar.

SIMPLICIO.- Eso es otra cosa, señor... Sí, como quien dijera, verbi gratia, el jefe de los chisperos, ¿eh? Ya, ya. ¿Y cuál es su gracia de usted?

VULCANO.- Vulcano, tonto.

SIMPLICIO.- ¡Ah! ¿Vulcano tonto se llama usted? Pues, señor, sea enhorabuena por el nombre y el empleo. Y ahora, ¿me harán ustedes el favor de explicarme con qué objeto he venido rodando de abismo en abismo, aunque sin lastimarme, hasta estas hornillas?

VULCANO.- Vas a saberlo. Yo he resuelto a apadrinarte de hoy en adelante y hacerte triunfar de las persecuciones que dirige contra ti tu rival, o por mejor decir su picaruelo protector.

SIMPLICIO.- ¿Y le conoce usted a ese protector? ¿Quién es?

VULCANO.- Cupido, alias el amor.

SIMPLICIO.- No tengo el honor de conocerle. Pero no por eso le debo a usted menos gracias por el favor que me dispensa.

VULCANO.- Nada tienes que agradecerme, porque me inclino naturalmente a favorecer a todas las víctimas del pérfido Cupido, no tanto por interés hacia los perseguidos como por odio al perseguidor.

SIMPLICIO.- ¡Calle! ¿Y qué os ha hecho ese señorito Cupido, que le tenéis tantas ganas?

VULCANO.- Eso fuera largo de contar. Además, son asuntos de familia.

SIMPLICIO.- Sí, chismes de la portera y del ama de cría.

VULCANO.- En breve estarás en estado de comprender mi resentimiento, pues si, como lo espero, consigo casarte...

SIMPLICIO.- ¡Casarme! ¿Y con quién?

VULCANO.- ¡Toma! Con tu Leonor. Con que vamos por partes. Tú la quieres, pero ella no te quiere a ti, ¿no es verdad?

SIMPLICIO.- Ni migaja.

VULCANO.- Eso no tiene nada de particular.

SIMPLICIO.- ¿Cómo?

VULCANO.- Quiero decir que son cosas que suceden; y si no, dígalo yo. Pero dejémonos de digresiones. Ella prefiere a cierto don Juan, ¿no es verdad?

SIMPLICIO.- Sí, señor; y, mire usted, está ese mequetrefe muy distante de valer tanto como yo. Capricho de mujeres...

VULCANO.- Pues bien, es preciso desafiar a tu rival en batalla campal; le vences, y Leonor es tuya.

SIMPLICIO.- Con que le venzo, ¿eh? Ya.

VULCANO.- Pero, como me parece que no eres de los más valientes...

SIMPLICIO.- Diré a usted. Eso es conforme; hay días en que el temple de uno...

VULCANO.- (Sonriéndose.) Ya me hago cargo, y por lo mismo quiero regalarte armas que te harán invencible.

SIMPLICIO.- Eso es otra cosa, porque, ya ve usted, en sabiendo uno que es invencible ya puede ser muy valiente, porque al fin y al cabo ya está seguro de que no tiene nada que temer.

VULCANO.- (Llamando después de haber dado unos martillazos en una bigornia.) ¡Polifemo! Trae en primer lugar el casco que en otros tiempos fue fabricado en estos talleres para el célebre Rey Midas.

SIMPLICIO.- Muchas gracias.

(Un CÍCLOPE entrega a DON SIMPLICIO un casco de plata que tiene en la cimera un rabo de asno y en sus partes laterales dos descomunales orejas del mismo cuadrúpedo.)

SIMPLICIO.- Pues mire usted, estoy persuadido que me sienta a las mil maravillas.

VULCANO.- (A unos Cíclopes.) Ahora forjad un escudo y una lanza del mejor temple, y hacedlos superiores, si es posible, a las armas célebres que recibieron de mí tantos héroes. (A otros Cíclopes.) Y vosotros divertid a este interesante mortal con vuestros juegos y vuestras danzas.

SIMPLICIO.- Muchísimas gracias. ¿Quién hubiera dicho que fueran tan finos unos hombres tan espantosos a primera vista?

VULCANO.- (Con voz muy fuerte a DON SIMPLICIO.) Acércate y siéntate.

SIMPLICIO.- (Temblando.) No se incomode usted. Estoy muy bien así.

VULCANO.- (Con voz más fuerte.) Vamos, ¿te sientas? ¿Por qué temblar? Bien pudiera serenarte la suavidad con que te hablo.

SIMPLICIO.- (Aparte.) Por vida del tío, con su suavidad tremenda. (Se sienta al lado de VULCANO. Unos Cíclopes, armados con martillos, ejecutan una danza de un carácter apropiado al sitio y a las personas. Otros trabajan con horroroso estrépito en forjar y pulir las armas pedidas por su señor. Dos Cíclopes vienen a arrodillarse a los pies de VULCANO y a entregarle una lanza y un escudo que éste pasa a las manos de DON SIMPLICIO.)

VULCANO.- Armado con esta lanza y protegido por este escudo difundirás el terror entre tus enemigos.

SIMPLICIO.- (Tomando la lanza.) ¡Ay, ay, que quema! ¡Vaya una chanza pesada! ¡Miren ustedes qué gracia!

VULCANO.- ¿Eh? No repares en esas frioleras. Ahora voy a darte un escudero que te acompañará en adelante.

SIMPLICIO.- Muy bien, porque a mí me gusta la conversación. Y luego... ya se ve... Con que, ¿donde está el compañero?

VULCANO.- (Se presenta un enorme CÍCLOPE, armado con una desaforada cachiporra.) Aquí le tienes.

SIMPLICIO.- ¡Jesús mil veces! Yo no quiero ir con tal compañero; sería capaz de comerme en el camino.

VULCANO.- No tengas cuidado; fíate de él, que siempre te protegerá.

SIMPLICIO.- (Temblando al CÍCLOPE.) ¿Me lo promete usted, señor compañero? (El CÍCLOPE hace seña [de] que sí) . ¡Toma! ¿Y es eso todo lo que habla?¿Si estaré destinado a tener siempre escuderos mudos? Pues estoy fresco; no dejará de divertirme la conversación del compañero.

VULCANO.- Él no va solo; tendrás a tus órdenes ocho valientes cíclopes que bastan para arrollar un ejército. Vamos, disponte a volver con ellos a tu tierra. En un minuto te encontrarás trasladado por magia a la orilla del mar, donde paran en este momento los dos amantes.

SIMPLICIO.- ¿Está usted en su juicio? ¿A la orilla del mar, y ellos están en las cercanías de Zaragoza?

VULCANO.- Déjate de escrúpulos geográficos, que no vienen al caso. ¿No sabes, tonto, que no hay magia sin su correspondiente marina?

SIMPLICIO.- Eso es; y después la gloria, ¿eh? Pues, señor, vamos allá, vamos allá.

(Ocho Cíclopes llevan en andas a DON SIMPLICIO en pie sobre una bigornia.)

VULCANO.- Tribútensele todos los honores que corresponden al protegido de vuestro amo.

(Marcha triunfal. Muda la decoración.)

Escena III

El teatro representa una campiña con el mar en el horizonte. Hacia el proscenio existe un banquillo de piedra, donde a su tiempo han de venir a descansar los dos amantes.

DON JUAN y DOÑA LEONOR.

JUAN.- Descansa un momento, Leonor mía. (Se sientan en el banco.) En breve, lo espero, volveremos a encontrar el asilo que nos tenía ofrecido la amistad.

LEONOR.- ¡Qué triste estás, amigo mío! ¿Te arrepientes acaso de haberme confiado el secreto de la protección a que hemos debido tantos prodigios?

JUAN.- Lo has exigido, Leonor, y has vencido. Pero mi generoso bienhechor, que me había encargado tan encarecidamente el mayor sigilo, no tardó en manifestarme su resentimiento. Ya lo has visto: tan pronto como se me escapó el secreto encargado, desapareció, con mi preciosa patita, el carro mágico en que viajábamos. Y ojalá que este primer efecto de su venganza no sea precursor de mayores desgracias.

LEONOR.- (Riendo.) ¡Calla! ¿Tú también ahora vas a volverte caviloso? ¡Qué tonto eres! Miren ustedes el gran delito: haberme dado a conocer el protector a quien debemos la dicha de vernos reunidos lejos de nuestros perseguidores.

JUAN.- Ay, dueño mío, lo veo; aunque desesperara del favor de mi padrinito, los encantos de tu conversación, las gracias de tu lindísimo genio, lograrían consolarme. Pero no, desconfío aún de recobrar el singular talismán que ha de labrar mi felicidad.

LEONOR.- (Riendo.) ¡Ah, ah, ah! ¿Sabes que es muy original nuestro protector? ¡Haber colocado su poder y nuestra felicidad en una pata de cabra! ¡Qué idea tan extravagante! En verdad, yo que soy tan loca no haría más.

(Preludios de música que recuerda la marcha triunfal de DON SIMPLICIO.)

Escena IV

Dichos, DON SIMPLICIO y sus ocho Cíclopes.

JUAN.- ¿Qué ruido es ése? ¡Gran Dios! ¿Qué he visto? ¡Simplicio!

LEONOR.- ¿Y qué monstruo es ese que le acompaña?

JUAN.- (Desenvaina la espada.) Les ha de costar cara mi vida.

SIMPLICIO.- Aquí están. (Quiere adelantarse el jefe de los Cíclopes y le detiene DON SIMPLICIO.) Poco a poco, no estamos aún con suficientes fuerzas. No hay que aventurarse con ese bicho; es el mismo demonio. (Llegan los demás Cíclopes.) Ahora sí: al menos tenemos fuerzas iguales ambas partes beligerantes. Con que, amigos, a la refriega. (Embisten los Cíclopes a DON JUAN, que se defiende un momento, pero no tarda en sucumbir. Entrega su espada a DON SIMPLICIO uno de los Cíclopes. Atan a los dos amantes a unos postes que salen de tierra, para cuya operación el jefe de los Cíclopes habrá dejado su cachiporra entre DON JUAN y DOÑA LEONOR.) Bueno, bueno: esta espada podrá reemplazar la que me echó a perder ese cocodrilo con sus hechicerías infernales. (A DON JUAN.) ¿Qué tal, señor don temerario? (A LEONOR.) ¿Qué tal, ingrata, rebelde, cruel, etc.? ¿Y ahora os burlaréis de mí? Es que yo también ahora tengo mi protector, y famoso que es. (Señalando al CÍCLOPE principal.) Si no, dígalo el señor, que es un mero pajecito suyo. (A dicho CÍCLOPE.) Encárguese usted con un par de esos muchachos de guardar a los dos prisioneros ínterin voy yo a casa de don Lope escoltado por los demás, por si acaso. Ay, cuánto va a admirarse don Lope así que me vea al frente de semejante ejército, así hecho un general, un sargento, un... ¿qué sé yo? (Al CÍCLOPE principal.) Con que, cuidado. No se fíe usted de esa caruchita engañosa con sus ojazos hipocritones... Es capaz de pegársela al mismo señor Vulcano. Pronto vuelvo; con que hasta la vista, compañero. (A los seis Cíclopes que han de ir con él.) Y vosotros adelante; ¡marchen! (Vase con los Cíclopes.)

Escena V

 DON JUAN y DOÑA LEONOR encadenados; CUPIDO oculto, tres Cíclopes, las tres Gracias.

JUAN.-   Y bien, Leonor, ya ves los nuevos efectos de mi indiscreción: quedamos a merced de nuestros enemigos.

LEONOR.- Según lo que voy viendo, amigo mío, pudiera tener mis dudas sobre si el amor ha sido, como me lo dijiste, el director de tus anteriores prodigios. Porque, ¿cómo hubiera castigado tan cruelmente una falta tan leve y tan natural? Y pudiera él, acaso, ofenderse de esta falta, cuando por él la cometiste, porque, en fin, si me hubieses amado menos, seguro está que hubieses cedido a mis ruegos.

JUAN.-   Tienes razón: el amor no puede habernos abandonado. Pues, no lo dudes, él fue quien me protegió, él es quien ahora parece abandonarme. Pero a pesar de esta aparente contradicción, no puedo dejar de confiar en las promesas que arrancaron de mis manos los instrumentos destructores con que traté, en mi delirio, de poner fin a mis males. Éstas, no lo dudemos, sus promesas se realizarán.

LEONOR.- Sí, lo creo, me lo dice el corazón; se realizarán.

(Sale CUPIDO de la chachiporra que el CÍCLOPE dejó entre los dos amantes.)

CUPIDO.- Esto me basta.

LEONOR.- ¡Ah!

JUAN.- ¿Qué veo?

CUPIDO.-   Chitón... Silencio... Para probarte hasta qué punto me gusta el misterio que te encargué, resolví castigarte un momento por haber faltado a él, aun por mí, aun sin consecuencia. ¿Has rabiado un poquito? Estoy satisfecho. ¿Has persistido en fiar de mis promesas? Vengo a recompensarte: pronto os restituiré la libertad.

LEONOR.-   ¿Y esperas tú poder reducir a nuestros terribles guardas?

CUPIDO.- Yo no soy más que un niño; pero puedo mucho, mucho, lindísima Leonor; vuestro enemigo cuenta con el imperio de la fuerza que llamó en su ayuda; enhorabuena. Mas yo también tengo mi ejército para las ocasiones: invocaré el auxilio de las gracias, mis fieles hermanas, y no será la primera vez, hija mía, que el amor y las gracias habrán triunfado de la fuerza. Nadie menos que usted, bella Leonor, debiera dudar de su poder.

(Aprovecha CUPIDO el momento en que los Cíclopes no le pueden ver para acercarse a la orilla del mar. Toca el agua con una de sus flechas y salen de las ondas las tres Gracias en una hermosa concha de nácar tirada por tres cisnes. Las Gracias y CUPIDO vienen a desatar a los amantes; los descubren los Cíclopes y llegan furiosos con el martillo levantado. Las Gracias los enlazan con guirnaldas de rosas; ellos, admirados, no se atreven a hacer uso de sus armas, como detenidos por una fuerza desconocida; se burla de ellos CUPIDO. Este juego se repite dos o tres veces en el curso de un sexteto bailado por las tres Gracias y los tres Cíclopes. Éstos, rendidos, en fin, ceden a una especie de sueño y caen al suelo. Mientras duermen, CUPIDO, con dos golpecitos que da con una flecha en los postes que tienen los amantes encadenados, los hace desaparecer. Éstos quedan libres.)

CUPIDO.- No perdamos tiempo; seguidme.

(Corren todos a refugiarse en la concha.)

LEONOR.- (No atreviéndose a embarcarse.) ¿Cómo? ¿Todos en esta débil concha?

JUAN.- ¿Qué temes? (Señalando al amor.) Llevas a César y su fortuna.

CUPIDO.- (A LEONOR.) ¿No te parece suficiente este esquife? Nada más fácil que complacerte.

(Se transforma la concha en un magnífico navío del gusto griego antiguo, servido por una tripulación de cupidillos.)

Escena VI

Dichos, DON LOPE, DON SIMPLICIO, LAZARILLO y Cíclopes.

SIMPLICIO.- (Desde el interior de los bastidores.) Verán ustedes, verán ustedes qué bien amarrados los tenemos.

LOPE.- (Saliendo.) ¿Dónde están?

SIMPLICIO.- (Saliendo y buscando.) ¿Quién los ha libertado?

LOPE.- ¡Toma, toma! Ahí los tenemos embarcados.

SIMPLICIO.- ¡Traición! ¡Traición! (Despierta a los Cíclopes.) ¿Así cumplís con vuestra obligación? ¡Alarma, alarma!

(Todos corren hacia la nave, la cual se transforma así que se acercan en un espantoso monstruo marino que vomita llamas sobre ellos. Muda la decoración.)

Escena VII

El teatro representa una cueva. Hay un banquillo de peñasco hacia el proscenio de la izquierda. En el fondo existe un agujero que figura la embocadura de la cueva, por donde sale a gatas DON SIMPLICIO.

DON SIMPLICIO.

SIMPLICIO.-   ¡Loada sea mi santísima paciencia! Heme aquí embarcado para otra expedición. ¿Si saldré de ella tan lucido como de las anteriores? ¿Si acabarán una vez de jugar a la pelota conmigo? Pero de cuantas me han pegado de algún tiempo a esta parte, ninguna como la última. Las armas invencibles del señor don Vulcano, ¿eh? El irresistible auxilio de su tuerto pajecito... Y todo eso al suelo por un mocoso que protege a mi rival, por el señorito Cupido que todo lo vence, según las expresiones de la Leonorzuela. Pues por más que diga ésta, por más chascos que me esté llevando a todas horas. Yo no puedo creer a ese niño con tanto imperio. Piensan lo propio aquel cantorcito italiano y la tía Casturia, bruja setentona, con quienes consultaba ahora poco mi apuro; y a su consejo me atengo. Ellos me han dicho que en esta cueva vivía un mágico que recibe del dios Pluto, del numen de las riquezas, las inspiraciones de su ciencia, y que nadie sería poderoso más que él a asegurarme el triunfo.Pero a nadie veo por aquí. ¡Ave María Purísima! Vaya un par de estafermos... ¿Saben ustedes decirme si está visible el señor mágico?... Mil gracias por la respuesta... Sin duda éstos también son sordo-mudos. ¡Y qué bien atados los tienen! Ahora que empiezo a ver más claro distingo claramente que me hallo en una caverna formada por pedruscos de oro. Si vieran esto los mineros de Madrid... No sería malo llevarme un pedacito para muestra; formar una sociedad y luego dejar a otros el cuidado de buscar el filón... Pero el mágico no viene, y esta tardanza me da muy mala espina. Éste será también algún charlatán como Vulcano... algún... fanfarrón... algún...   (Uno de los gigantes le da a DON

SIMPLICIO un golpe en la cabeza con una enorme piedra.) ¡Ay! Vaya una barbaridad... A bien que está atado y quitándome del alcande de su brazo podré insultarle a mi placer. Pues sí, señor... Usted es un mostrenco, un alcornoque, y su amo de usted un mal criado que hace esperar a las visitas. (Se ha ido retirando, y cuando llega cerca de otro gigante, éste le da un puntapié.) ¡Cuerno! Me ha deshecho la rabadilla. Huyamos antes de que acaben conmigo. (Óyense gritos y algazara.) ¿Qué es esto, Dios eterno? Algún nuevo peligro. Aquí me oculto.

(Salen una multitud de Brujas con escobas.)

(Canto.)

BRUJAS

Lunes y martes

y miércoles tres;

jueves y viernes

y sábado seis.

SIMPLICIO

¡Son brujas, Dios piadoso!

No acierto a respirar.

Si caigo entre sus uñas,

me van a desollar.

BRUJAS

Lunes y martes, etc.

SIMPLICIO

Y domingo siete.

BRUJAS

Muera, muera el importuno

que turbó nuestro contento.

Por su loco atrevimiento

a pellizcos morirá.

SIMPLICIO

Por Dios, señoras brujas,

tratadme con piedad.

BRUJAS

A tiras el pellejo

te vamos a arrancar.

SIMPLICIO

Caramba, que me duele.

No vale pellizcar.

BRUJAS

Aguanta tu castigo;

zis, zas, zis, zas.

(Bailan alrededor de DON SIMPLICIO.)

Lunes y martes, etc.

A punto don Simplicio

te vamos a embrujar

y encima de una escoba

los aires cruzarás.

SIMPLICIO

Sabré tan ruin designio

a coces estorbar.

Atrás, malditas viejas,

atrás, atrás, atrás.

BRUJAS

Levantemos

las escobas

y embistamos

sin piedad.

SIMPLICIO

La primera

que se acerque

de un porrazo

morirá.

BRUJAS

Se verá.

SIMPLICIO

Se verá.

BRUJAS

Duro, duro en sus costillas

y los humos bajará.

SIMPLICIO

Fuera, fuera, vejestorios,

o mi esfuerzo probarán.

BRUJAS

Toma, toma; zas, zas, zas.

SIMPLICIO

Basta, basta, basta ya.

BRUJAS

¿Te rindes?

SIMPLICIO

No tal.

BRUJAS

Pues, toma.

SIMPLICIO

Piedad.

(Vanse las Brujas. [DON SIMPLICIO] quiere huir por la embocadura por donde salió y encuentra en ella un horrible cancerbero.)

SIMPLICIO.-   (Hablado.) ¡Ay! ¡No salgo de ésta! ¡Señor mágico! ¡Don Lope! ¡Madre! ¡Señor mágico!...

(Se tira al suelo boca abajo. Truenos horrorosos. Sale del agujero del apuntador un MÁGICO, que tiene alternativamente cuatro o siete palmos de estatura, según se va bajando o abriendo DON SIMPLICIO para hablarle. Tiene los ojos vendados. Su riquísimo ropón de púrpura, cubierto de monedas de todas clases, deja [ver]

de cuando en cuando el cuerpo que cubre imperfectamente, y éste es
un esqueleto asqueroso.)

Escena VIII

DON SIMPLICIO y el MÁGICO.

MÁGICO.- Levántate, mortal pusilánime.

SIMPLICIO.- Si estoy exánime.

MÁGICO.- Levántate, repito, y serénate ya. Sólo quise hacerte
pagar con algunos instantes de susto el haber dudado de mi ciencia
y de mi poder.

SIMPLICIO.- (Levantándose) Pues si os propusisteis asustarme,
quedad persuadido de que lo habéis logrado completamente. ¿Y
bueno, eh? ¿Y la parienta y los chicos?

MÁGICO.- No tienen novedad.

SIMPLICIO.- Lo celebro. Ojalá pudieseis ahora hacerme tanto bien
como me hicisteis mal. Pero, ¿por dónde habéis entrado?

MÁGICO.- (Señalando el agujero del apuntador.) Por ahí.

SIMPLICIO.- ¡Por ese agujero! ¡Cosa rara!

MÁGICO.- ¡Ingrato! Más de una vez tú y los tipos encontrasteis ahí
un bienhechor auxilio... Más de una vez salieron prodigios de ese
agujero.

SIMPLICIO.- Ya, pero las riquezas... Eso es otra cosa.

MÁGICO.- Vamos al caso: ¿qué exiges de mí?

SIMPLICIO.- Quiero... creo... espero... deseo... apetezco...
ambiciono... ¿qué sé yo? En una palabra, hacedme todo el bien que
pudiereis en la inteligencia que nunca me quejaré de las sobras.

MÁGICO.- Conozco el motivo que te ha traído a este misterioso albergue.

SIMPLICIO.- Me alegro mucho, porque me ahorráis el trabajo de decíroslo.

MÁGICO.- Debo confesarte que en el caso en que te encuentras mi poder es inferior al del numen que protege a tu dichoso rival. A la verdad, tu venganza está probablemente en el porvenir que espera a tus contrincantes; pero como mi ciencia no alcanza sino lo presente...

SIMPLICIO.- Entiendo; eso quiere decir que hay mágicos y mágicos, y que como los hay que prevén lo futuro, no prevéis vos más que lo presente; otros no prevén sino lo pasado, etc., etc.

MÁGICO.- No; lo que quiero decir es que mis favoritos nunca pueden confiar en el porvenir, y que mis más opulentos dones no pueden comprar aquella felicidad que sólo pueden asegurar el corazón de una esposa, el cariño de los hijos, la paz de la conciencia, la influencia del mérito, la cultura de las letras y de las ciencias, y sobre todo la virtud, el honor.

SIMPLICIO.- Vamos, vamos, yo saco en limpio de todo eso que ni la autoridad de un tutor, ni el imperio de la fuerza, que ya usé, ni el prestigio de las riquezas que he venido a invocar, pueden con el amor.

MÁGICO.- Que puede con todo.

SIMPLICIO.- Pues, señor, a lo que habré venido aquí es a bailar un rigodón en el aire, a chamuscarme los bigotes, etc. Sea enhorabuena, y muchas gracias.

MÁGICO.- Lo único que puedo hacer en favor tuyo es informarte de que don Juan y doña Leonor están a la hora esta en poder de don Lope.

SIMPLICIO.- (Saltando de alegría.) ¡Ah! Pues esto me basta. ¿Por qué no me lo dijisteis desde luego sin tanto preámbulo? Pero, ¿está usted seguro?

MÁGICO.- Va a confirmártelo inmediatamente la propia boca de don Lope.

SIMPLICIO.- ¿Inmediatamente? ¿Y cómo?

MÁGICO.- Van a encontrarse trasladados ahora mismo al lado tuyo. Adiós.

(Se hunde el MÁGICO y salen llamas del escotillón.)

SIMPLICIO.- Que se va usted a quemar, señor mágico. ¡Cómo va rodando! Válgame Dios, ¡qué profundas son las profundidades de la tierra!

(Truenos. Llegan como atontados de una caída DON LOPE y LAZARILLO.)

Escena IX

DON SIMPLICIO, DON LOPE y LAZARILLO.

LOPE.- ¡Ay, ay! ¿Qué es esto, dónde estamos? ¡Ah, mi querido Simplicio! ¡Cuánto celebro encontrarle a usted! Su nueva ausencia me tenía ya con cuidado.

SIMPLICIO.- Y a mí también.

LOPE.- Estábamos temiendo que le hubiese sucedido a usted nuevo chasco.

SIMPLICIO.- Yo también. Afortunadamente no ha sido nada. Alguna que otra travesurilla de un señor mágico cortilargucho.

LOPE.- Amigo, ¡gran noticia!

SIMPLICIO.- Ya la sé.

LOPE.- ¿Cómo?

SIMPLICIO.- Sí, que están ya en poder de usted nuestros fugitivos.

LOPE.- ¿Y quién ha podido enterarle a usted?

SIMPLICIO.- El mágico.

LOPE.- ¿Qué mágico? Yo nada entiendo de lo que usted me dice.

SIMPLICIO.- No lo extraño, pues yo tampoco lo entiendo.

LOPE.- En fin, sea lo que fuere: ya no se nos pueden escapar; y le preparo al don Juanito un castigo igual a su audacia.

SIMPLICIO.- Bien hecho.

LOPE.- Quiero que Leonor no salga de la torre donde la tengo nuevamente encerrada sino para darle a usted su mano, ya que mañana, al despuntar el día, ya casados en fin el sol os vea. Leonor será de usted... yo juro...

(Estrépito de tam tam.)

VOZ.- [Estruendosa.]No jures, temerario Lope. No jures cumplir lo que no está en tu poder; antes bien, apresúrate a unir a don Juan con su Leonor.

SIMPLICIO.- (Con voz de falsete.) Amiguito, tarde piace.

VOZ.- Temed mi cólera.

LOPE.- Ta, ta, ta. Ya están en jaula, y me río yo de la cólera de cualquiera.

VOZ.- Tu audacia y tu incredulidad van a quedar confundidas.

(Muda la decoración al son de una música suave.)

El teatro representa el palacio aéreo de CUPIDO. Éste está sentado en un trono de rosas entre DON JUAN y DOÑA LEONOR.

CUPIDO.- Y bien, ¿dudaréis aún de mi imperio y resistiréis más a mis decretos?

LOPE.- Perdona mi temeridad y cuenta con mi sumisión.

CUPIDO.- Sólo exijo de ti que hagas felices a estos dos amantes.

LOPE.- La felicidad de mi pupila era mi único anhelo. Una vez que don Juan puede asegurársela, no resisto más: unidos sean.

JUAN.- ¿Y qué dice a todo esto el noble don Simplicio Bobadilla de Majaderano y Cabeza de Buey?

SIMPLICIO.- Digo que, supuesto que Leonor no me quiere ni migaja, que don Lope la da por esposa a don Juan y que no me queda absolutamente medio ni arbitrio alguno para conseguirla, renuncio generosamente su mano y la cedo a mi favorecido rival. Me parece que me porto como caballero; y si no, que lo diga Lazarillo.

LEONOR.- Bravo, bravo, don Simplicio. Cumpliendo con lo que les ofrecí antes, quedan ustedes convidados a mis bodas. Van a dar principio los festejos; tomen ustedes asiento.

(Una nube que se levanta recoge sentados a DON LOPE y DON SIMPLICIO.)

SIMPLICIO.- Una vez que quedamos amigos, ¿me harán ustedes el favor de explicarme quiénes son esos demás convidados tan cucos que nos rodean?

LEONOR.- Todo aquí recuerda las glorias de mi benéfico protector. Hércules hilando a los pies de Onfales; Diana y Endimión; Cibeles, Neptuno, Vulcano, Céfiro, Tritón y la Aurora; en fin, el amor dominando la tierra, el fuego, los aires, el agua, y triunfando de la fuerza, de la prudencia, de la vejez, de todo. Ya os habréis convencidos, querido tutor, y vos también, obstinado pretendiente, de que todo... todo lo vence Amor.

JUAN.-   (Enseñando su talismán.) O la Pata de Cabra.

SIMPLICIO.-   (Aparte.) Perdonad sus muchas faltas, etc., etc.

(Bailete general.)

FIN